TAKE
SHOBO

カタブツ聖騎士様は小悪魔な男装美少女に翻弄される
甘い口づけは執愛の印

クレイン

Illustration
ことね壱花

蜜猫
MitsuNeko

contents

イラスト／ことね壱花

カタブツ聖騎士様は小悪魔な男装美少女に翻弄される

甘い口づけは執愛の印

プロローグ　聖女はどこへ

――かつて、神聖エヴァン王国には神がいた。

否、現在に至っても、この国には神がいる。

この国の初代国王となった人間の少女を愛した神の一柱《ひとはしら》によって、永き時にわたり、この国は守られているのだ。

その証拠に、ここ神聖エヴァン王国は年間を通し温暖な気候で、土壌も豊かであり、災害が起こることもない。

他国がこの国に攻め込もうとすれば、その蛮行に必ずや天罰が加えられる。

よって神聖エヴァン王国には飢えもなければ戦争もなく、住まう人々は、皆穏やかな幸せを享受している。

国境の向こう側で次々に災害や戦争が起き、いかに多くの人間が苦しみその命を落としても、この国だけは、何も起こらず平和なままで。

エヴァンの民にとってそれらは全て現実味のない、遠い世界の話であったのだ。――だが。

「貴様……！　この国を滅ぼす気か……！」

憤りのあまり、神聖エヴァン王国国王オズワルドは、目の前の男を睨《にら》みつけ恫喝《どうかつ》した。

普段穏やかな気性で知られる王の常ならぬその様子に、周囲の者たちは驚き大きく体を震わせる。

「――左様《さよう》」

だが、怒鳴られた男はそれに憶することなく淡々と答え、酷《ひど》く痩《こ》けた頬《ほお》を幸せそうに綻ばせてみせた。

「これまでが異常だったのですよ、陛下。我らは神に甘え、驕《おご》り、この安寧に溺れている。ですが、それは本当に人間として、正しい姿なのでしょうか？」

「巫山戯《ふざけ》たことをぬかすな……‼」

国王オズワルドは、温厚な人物であったが、その一方で非常に臆病で、変化をひどく嫌う保守的な気質でもあった。

千年近くにわたり安定して繁栄を続けてきたこの神聖エヴァン王国を、決して自分の代で傾けるわけにはいかないのだ。

「殺されたくなければ、吐け。イェルク。聖女はどこだ？」

神をこの国に留《とど》めておくためにも、聖女は絶対に必要な存在だった。

神殿から聖女が失われて早十八年。その間、この国は今まで経験したことのない未曾有《みぞう》の災禍に幾度も襲われることとなった。

そして徐々に国民から、他国から、この国が神の加護を失ったのではないかと、疑いの目を向けられるようになってしまったのだ。

従って早急に聖女を探し出し、国の管理下に置き、神からの加護を引き出さなければならない。そうでなければ、多くの国民が苦しむこととなり、この国の存亡にすら関わる。

「さあて。今頃どちらにいらっしゃるのでしょうなあ」

「ふざけるな！　貴様……！　この国がどうなってもいいのか！」

王は彼の首根っこを掴《つか》み、激しく揺さぶる。すると男は激しく咳《せ》き込《こ》んだ。

驚いた王が思わず手を離せば、彼は弱々しくそのまま床に崩れ落ちる。近くにいた騎士が、慌ててその身を支えた。

「ええ。どうなろうが構いませんねぇ……。こんな国」

そして、酷くかすれた声で、男は毒吐いた。全てを呪うように。

そう、聖女がこの国から失われた原因であるこの男、王弟イェルク・エヴァンの心に、この国の滅びなど何一つ響きはしない。――なぜならば。

「どうせもうすぐ私は死にます。だったらこの国を道連れにしてやるのも悪くない」

くすくすと楽しそうに笑うイェルクを前に、彼を糾弾していた者たちは戦慄《せんりつ》する。

もはや何一つ失うもののないこの男には、もうどのような脅しも効きはしないのだと。

「すでに死する未来しか残されていない私に、今更怖いものなどないのですよ、殺すのなら殺せばよろしい」

イェルクは生まれた時より虚弱であった。季節が変わるたびに体を壊しては死にかけ、彼のために作られた棺桶《かんおけ》の数は、指の数では足りないほどだ。

おそらくは大人にはなれぬだろうと諦められ、誰からも未来を期待されずに育った王子。

幸いにも王族として最上級の治療を受け、奇跡的に、無様に、これまで生きながらえた、か細い命。

だが、それもついに終わりが近づいていた。

「ねえ陛下。この国を神から人間の手に取り返すべきです。神の愛玩物と成り果て、媚《こ》び諂《へつら》い、その恩恵を受けねば滅びると言うのなら、こんな国、とっとと滅びてしまえばいい」

ぐう、と王は呻《うめ》く。この国は、千年もの間、神によって守られてきた。それは間違いない。

――だがその一方で、神はその対価をも求めた。

王弟は、そのことを何らかの理由で知り、そして、王を糾弾しているのだ。

「本来、神の介入など不要でしょう。ここは、人間が生きる国なのですから」

第一章　歩くカモ

(──うわぁ、すごい馬鹿がいる)


シルヴィのその男への第一印象は、そんな身も蓋《ふた》もなければ、血も涙もないものであった。

花街の中心を、きょろきょろと辺りを見渡しながら、所在なさげに歩く一人の男。

この国で最も多い焦げ茶色のボサボサの髪に、これまたどこにでもありそうな焦げ茶色の目。

よく見れば、ほどほどに整った顔立ちをしているのに、全体的に野暮《やぼ》ったくもっさりとしていて、存在が霞《かす》んでいる。

おそらく道ですれ違っても全く印象に残らず、ただ通り過ぎるだけであろう凡庸《ぼんよう》さである。

そんなごく平凡な男が、この場において妙に悪目立ちしている理由は、ただ一つ。

その身に纏《まと》う、聖騎士の軍服だ。

白を基調として、金糸で細かに刺繍《ししゅう》が施されている、目に眩《まぶ》しいド派手な軍服。

ベルベットで裏打ちされた、無駄にひらひらとしている外套《マント》。

襟章は神を表す綺羅綺羅しい黄金の星の意匠《いしょう》。

完全に男は、その存在を衣装に呑《の》まれていた。だから余計に容貌が印象に残らないのだろう。

聖騎士とは、この国に生まれた男の子なら誰しもが一度は憧れる、花形の職業である。

神と神の愛子《いとしご》たる王族に仕えし、聖なる騎士。

シルヴィも話は聞いていたが、その実物をこうして見るのは初めてだった。

見るも派手なその格好で、男はおどおどとしながらこの街を歩いている。

それはつまり、彼が良いとこのお坊ちゃんで、お金持ちで、その上どうしようもない世間知らずと知れる。

――すなわち、カモであると。

「ねえねえ聖騎士様ぁ！　うちのお店にいらっしゃいよ。楽しいわよぅ」

「それよりも私と遊びましょう？　一生の記憶に残る、素敵な夜にしてあげる」

早々に彼に目をつけた客引きの娼婦《しょうふ》や酌婦に周囲を囲まれ、その手を引っ張られた男は、困りきったように眉を下げて必死に断っている。

「自分は！　仕事で！　ここにきたので！」

「あらぁ、少しくらい良いじゃないの。ねえ……？」

彼にまとわりついた一人の娼婦が、手を伸ばし、彼の股間を弄《まさぐ》ろうとした、そのとき。

男は大袈裟《おおげさ》なまでに飛び退《との》いた。そのあまりの拒絶ぶりに、娼婦たちも思わず目を丸くする。

「す、すまないが自分は、妻となる女性以外とそういった関係になるつもりはないので……！」

（へえ……）

シルヴィは眉をあげる。若くて綺麗《きれい》な女を見れば、すぐにあわよくばと考える下《しも》の緩い男が多いなかで、彼は随分と潔癖《けつぺき》な考えをお持ちのようだ。

だが、それを聞いた周囲の女たちは、むしろ色めき立つ。

（……こりゃ、まずいなあ）

確かに聖騎士は神と王に仕える騎士だ。よって、貞節は守らねばならないのかもしれない。

男のきりっとした濃いこげ茶色の眉は、生来の生真面目さと意志の強さを感じさせる。

だがその一方で、彼のように明らかに遊び慣れていない男は、一度その味を覚えてしまうと身を持ち崩すほどに入れ込んでしまう場合が多い。つまり、やはり最上級のカモなのである。

周囲の娼婦たちが男の腕に胸を押しつけ、脚を絡め、なんとか男を足止めしようとしている。

騎士道精神に則《のつと》ってか、男は娼婦たちを無理やり引き離すこともできず、ひたすら困り切った顔で、くっ付いてくる娼婦たちをそのままに歩いている。

もっとぞんざいに追い払ってしまえばいいものを、あくまでその態度は丁寧だ。やはり彼は相当に善良な人間なのだろう。

シルヴィはそんな男がなにやら哀れになってしまい、仕方なく助けてやることにした。お人《ひと》好《よ》しの人間は、嫌いではない。

「ごめんね、姐《ねえ》さんたち。悪いんだけど彼、僕のお客なんだ」

彼らに走り寄り、申し訳なさそうな顔をして、シルヴィは言う。

娼婦たちは驚いたようにシルヴィを見やり、それから素直に男から離れてくれる。

シルヴィはこの街の情報屋だ。彼女たちはどうやらこの男が女ではなく、情報を買いに来た客なのだと納得してくれたようだ。

「ええと……」

突然現れたシルヴィに困惑した様子の男に、話を合わせろと目配せする。

すると男は呆気《あつけ》にとられたようにシルヴィに見惚《みと》れ、それから慌ててこくこくと頷《うなず》いた。

シルヴィは小柄な少年だ。それほどの危険はないと判断したのだろう。

「シルヴィったら、今日もかわいいわねえ」

シルヴィはこの街では顔が広く、ここにいる娼婦たちももちろん皆顔見知りだ。

男に絡んでいた仲の良い娼婦の一人が、その大きく膨らんだ胸にシルヴィを抱え込み、ぎゅうぎゅうと抱きしめる。

その柔らかさと良い匂いを堪能しつつ、シルヴィは笑う。

シルヴィの見た目は美しい。耳が出るほどに短く切られた髪は黄金を溶かし込んだように輝き、ほんの少し眦《まなじり》の上がった形の良い涼しげな大きな目は、明るい空の色をしている。

完全な左右対象に整った小作りな顔は、まるで精巧な人形のようだ。

娼婦たちは彼に見惚れると、一様に感嘆のため息を吐く。

女たちは基本的に、自分の立場を脅かさない美しいものが好きだ。

よってシルヴィは、この街で暮らす女たちから、弟のように可愛《かわい》がってもらっていた。

「ありがと、マリア姐さん」

「何か困ったことがあったら言うのよ？」

「うん。頼りにしてる」

そして娼婦たちに散々こねくり回された後で、シルヴィは男に付いてこいと手招きする。

「……すごいな、君は」

感嘆した声でそう言って、男は大人しくシルヴィの元へと歩み寄る。確かに側から見たら女たちを手玉に取るジゴロのような有様だったかもしれない。

「この街で生まれ育ったからね。姐さんたちはみんな僕の家族みたいなもんだよ」

シルヴィが娼婦たちに向かってぱっちりと片目を瞑《つぶ》ってみせると、娼婦たちが「きゃあ！」と嬉《うれ》しそうな声をあげる。

そんな彼女たちに軽く手を振って、シルヴィは男を連れ歩き出す。

「すまない。助かった。ありがとう」

「どういたしまして。あんたさ、なんでそんな格好でこんなところを歩いてんの。そりゃカモ

として認定されても文句言えないよ。大体聖騎士様がこんな街に何しにきたのさ?」

一方的にカモとして認定され一丁前に傷ついたのか、少々悲しげに眉を下げつつ男は口を開いた。

「……人を探しに」

「……へえ? 人探し」

シルヴィの目がきらりと輝く。儲《もう》け話の匂いがする。これは本当に仕事になるかもしれない。

「あのさ、よければ詳しい話を聞かせてよ。僕、この街で情報屋をやってるんだ」

シルヴィはこの街の娼館や酒場、そこで働く娼婦や酌婦の情報を全てその小さな頭で網羅している。

よって、客の予算や要望を聞いて相性の良さそうな店や、娼婦と引き合わせる仕事《マッチング》もしていた。ちなみにこれがシルヴィの一番の稼ぎだったりする。

「情報屋? 君みたいな子供が……?」

男は驚いたように目を見開いた。

「別に、子供じゃないし」

確かにシルヴィは歳《とし》の割に小柄で声変わりもしていない。よって、実年齢よりも下に見られることが多い。

「じゃあいくつだ?」

「ええと、十四……くらいかな？」

「なんだ。やっぱり子供じゃないか」

男の言葉に、思わずシルヴィは眉をしかめる。

やはりこの男は、この街の現実を知らないお坊ちゃんのようだ。

街の外がどうかは知らないが、この街ではシルヴィくらいの年齢なら普通に働いている。

ここに住んでいる子供たちは、そのほとんどが娼婦の子供だ。父親もわからない者が多い。

借金を抱えて働いている母親しかいない状況では、自分一人で動けるようになれば働いて、自分の食《く》い扶持《ぶち》を稼ぐしかない。

女の子ならそのまま母親と同じように娼婦や酌婦になることが多く、男の子なら見た目がよければ男娼《だんしょう》、そうでなければ下働きか用心棒となる。

そうして、一度堕《お》ちてしまえば、もうこの街から抜け出すことは難しい。

シルヴィはこの美しい容姿もあって、街中の娼館から引く手数多《あまた》だったが、身を売ることを選ばなかった。

三年前に亡くなった母の「いつかこの街を出なさい」という遺言を守るためだ。

そして、異常に良い自分の記憶力を利用して、情報屋になったのだ。

「この街じゃ僕と同い年くらいの娼婦だって別に珍しくないよ。あんた、相当にお育ちがいいんだね」

あえて年端のいかない子供を買おうとする男たちも多い。シルヴィが肩を竦《すく》めてそう言えば、男は露骨に不快げに顔を歪《ゆが》めてみせた。

「子供は守られるべきものだろう。この街はどうなっている……？」

「……あんたさぁ、本当に何も知らないんだね」

この街は、流れ者が多い。元は他国から流入してきた難民たちばかりだ。

ここ神聖エヴァン王国が長年、頭を痛めているのが、難民問題である。

他国が荒れるたびに、この国の平和と豊かさを求め、多くの難民が雪崩《なだれ》込んでくるのだ。

しかし、神聖エヴァン王国は戦争も災害もなく長き平和が続いたことで、国民の戸籍の管理が徹底されている。さらには神に愛されるべきは己が国の民のみであるとし、戸籍のない者は、この国の福祉をうける権利も、真っ当な仕事に就く権利もない。

そしてこの国で新たに戸籍を得て国民になるのは非常に難しい。途方もない金額で戸籍を買うか、この国の民と結婚するかのどちらかだ。

もちろん真っ当な職につくことができないため、難民に戸籍を買えるような金はない。

国民たちは、神に選ばれたというその選民思想の強さゆえに、他国民を軽んじ、同じ人間だとすら思っていない。そのため、他国の人間と婚姻を結ぶこともほとんどない。

貧しい難民たちの流入は、治安の悪化をもたらし、さらに国民たちの悪感情を煽《あお》る。

そのためこの国において難民は、何代に渡ろうと、難民のままだ。

難民たちは、奴隷《どれい》のような扱いを受けてでもこの国に留《とど》まるか、荒れた国元に帰るかのどちらかしか選択肢がない。

そして残ることを選んだ者たちは、この街のような場所に堕ちてくるしかないのだ。

だから、子供が子供として大人に守ってもらえるような、そんな下地はこの街にはない。

「……知識としては、知っている」

「そう。じゃあ、現実としても知っておきなよ。お勉強になったね」

おそらくきれいなものばかり見て育ったのであろう彼を、少しいじめてやりたくなったシルヴィは、冷たくそう言った。男は軽く下唇を噛《か》むと、肩を落とした。

（……本当に良い奴だなあ、こいつ）

シルヴィは内心で笑う。難民の分際で生意気な口を、なんて怒鳴られたって全くおかしくないのに。彼は、素直にシルヴィの言葉を受け入れ、自分の無知を恥じている。

そんな彼を妙に励ましたくなって、シルヴィは口を開いた。

「でもさ、あんたはさっきちゃんと姐さんたちに敬意を持って対応してただろ？　ぞんざいに追い払ったりしないで、丁重に一生懸命断ろうとしてた」

職業に貴賤《きせん》はない、などというのは、所詮は綺麗事《きれいごと》だ。

この花街での生活で、シルヴィはそのことを重々理解していた。

自ら希望して娼婦をしている者もいなくはないだろう。だが、基本的には貧しさから身を落とした女性が圧倒的に多いのだ。

親に売られた者もいれば、夫や恋人に借金を背負わされた者もいる。

それなのに彼女たちは、蔑まれ、見下される。神に背き性を売る、穢《けが》らわしい存在だと。

そして人間は、自分以下だと思う存在に、どこまでも冷酷になれる生き物だ。

けれどこの男は、そうしなかった。

「そういうのって案外難しいんだ。だからあんたのこと、助けようと思ったんだよ」

（聖騎士なんて、選民思想の塊の、ろくでもない奴らの集まりだと思っていたけど）

それもまた先入観であったと、シルヴィ自身少々反省する。

「あ、そこの店に入ってもらっていい？」

「あ、ああ」

シルヴィが足を止め指差したその店の派手派手しい店構えに、男は動揺しつつも肯《うなず》く。

そこは、この街でも有数の高級娼館である『薔薇の宮』だった。

「き、君、ここは？」

シルヴィもまた娼館の客引きだったのかと、男が怯《おび》えている。余程貞操が大事らしい。シルヴィは安心させるように笑った。

「僕、ここの一室を間借りさせてもらってるんだ。母が店主と親友だったから、その縁でね。ここは、この街でも指折りの安全な場所だよ」

確かに入り口には強面《こわもて》の用心棒たちが控え、建物自体もしっかりしている。

「ただいまー」

「おかえり坊主」

用心棒たちは笑って当然のようにシルヴィを通す。そこにいた客たちが、一斉にシルヴィを振り返りその美しさに見惚れるが、彼はそれらを一顧だにせずに店の奥へと進んでいく。

男もきょろきょろと周囲を見渡し警戒しつつも、大人しくシルヴィの後についてくる。

女たちの艶っぽい喘《あえ》ぎ声が漏れ聞こえる毒々しい色調の廊下を歩き、奥まった場所にある一室に入れば、そこは、落ち着いた色調の、質素な部屋だった。

突然異空間に入り込んでしまったように感じたのか、男は目を瞬いた。

「どうぞ、そこに座って」

シルヴィに促され、男は落ち着かない様子で置かれた長椅子に腰掛ける。

その前に置かれたテーブルセットの椅子を一つ、長椅子の方向に向けて座ると、シルヴィはにっこりと笑って口を開いた。

「さて、それじゃあ自己紹介をさせてもらうね。僕の名前はシルヴァス。みんなはシルヴィって呼ぶよ。さっきも言ったけど、この街で情報屋をしているんだ。あんたの名前は?」

「ああ、私の名前はアルヴィン。アルヴィン・フォールクランツという。見ての通り、聖騎士をしている」

「ふうん。大層な名前だね。お貴族様みたい」

「実際に貴族だ。父が伯爵位を戴《いただ》いている」

まさかの本当の貴族とは思わず、シルヴィは驚きその美しい目を丸くした。

お育ちが良かろうとは思っていたが、伯爵令息とは。

この街にも物好きな貴族の客がいないわけではないが、やはり数は少ない。

貴族様がわざわざ難民ばかりのこの街に足を運ぶことはまずない。女と遊びたい時は、自国民の高級娼婦を手元に呼び寄せるのが普通だ。

まぁ時折高級娼婦では満たせない様な、特殊な性的嗜好《しこう》を満たそうと、ここにやってくる輩《やから》もいるにはいるが。

「つまりアルヴィン様は、伯爵家のご令息ってことですか？」

「いきなり言葉が改まったな。気にするな。今まで通りに話してくれ。生まれが貴族というだけで、私自身が偉いわけじゃない」

その見た目通りに、生真面目なことである。この国の貴族は、いつでもふんぞり返って他人を見下している生き物だと思っていた。

「そういう問題じゃないと思いますけどね……。まあ、いいや」

突然敬語に変えるのもおかしいかと、シルヴィは口調を元に戻す。

「そんな伯爵令息たるお方が護衛も連れず、こんなところで人探し？」

「ああ、そうだ。理由は詳しくは話せないが」

どうやら極秘の任務らしい。ふうん、とシルヴィは鼻を鳴らす。

「ちなみにお探しなのはどんな人？　僕、この街に住む人間を全員記憶してるから、力になれると思うよ」

その言葉に、今度はアルヴィンが驚く。この街に一体どれだけの人間が住んでいるというのか。おそらくは万を軽く超えているはずだ。それらを全て覚えているとは。

「僕は一度見た顔や聞いた名前は忘れないんだ。だからね、多分アルヴィン様が探している人物がこの街にいるのなら、わかると思うよ」

だからこそ、情報屋として生きているのだとシルヴィが誇らしげに胸を張れば、アルヴィンは「それはすごいな！」と素直に感嘆してくれた。やはり気の良い男である。

「報酬はエヴァン銀貨五枚で良いよ！　どう？」

「安いな。そんなもので良いのか？」

「……へ？」

むしろ値下げ交渉されることを前提に少しだけぼったくった金額設定だったのだが、あっさりと喜ばれてしまいシルヴィは少々動揺する。

やはりこのお坊ちゃまは、相当な世間知らずのようだ。物の価値もその相場も知らないらしい。他人事ながら大丈夫かと、思わず心配になってしまう。

シルヴィはアルヴィンからそそくさと出された銀貨五枚を受け取ると、上着のポケットに突っ込む。そしてもらった金額の分はちゃんと役に立とうと決める。

シルヴィ自身もまた、それなりに生真面目な性質の人間であった。

「――それで。アルヴィン様は一体誰を探しているの？」

「ああ、私が探している人物だが、名は、モニカという。真《ま》っ直《す》ぐな亜麻色の髪に深い青の目をした、三十代後半の女性だ。おそらくは、美人と思われる」

それを聞いたシルヴィの眉が、わずかに上がる。

「……ふうん？　その名前の女性は何人かいるけど、外見の要素が合わないな。この街で働く女性は偽名を使っている場合がほとんどだから、多分「モニカ」じゃない名前で暮らしているんじゃないかな。外見と年齢で一致しているのなら、何人かいるよ。兎《うさぎ》亭のコーディ、百合《ゆり》の館のミリア、蜂蜜宮《はちみつきゆう》のナンシー、それから……」

シルヴィが指を折りつつ該当する数十の娼婦の名前と娼館の名前をつらつらと上げれば、アルヴィンは困ったように眉を下げた。

確かに彼女たちの勤め先に赴き一人一人に会って確認をするには、なかなかに手間も時間も金もかかりそうだ。

「ねえ、もっと他に何か特徴はないの？」

もう少し検索条件を増やし対象を絞れないかとシルヴィが聞けば、少々逡巡《しゅんじゅん》した後、アルヴインは口を開いた。

「彼女には娘がいたはずだ。おそらくは現在十七歳くらいの」

「…………」

それを聞いたシルヴィは、何かを悼《いた》むように目を瞑った。これまでの明るい雰囲気が嘘《うそ》のように、沈痛な面持ちで。

「……どうした。なにか、あるのか？」

その様子に思わず不安になったアルヴィンが問えば、彼はゆっくりと目を開き、顎に手を当てて考えこむ仕草をする。

その時、雨の降る音が聞こえてきた。さっきまで晴れていたのにと、アルヴィンが驚き思わず窓の外を眺めたところで。

「……うん。知っているよ。モニカ。モニカ・アシュリーだ」

「なんだと……！」

アルヴィンが興奮し長椅子から立ち上がる。その名前は、間違いなく彼が探し求めていた相手の名前だった。

かつて王宮で医務女官として働いていた、アシュリー男爵家のご令嬢。

「外見の一致するモニカという名前の女性はいないと、さっき君は言っていただろう？」

「うん」

「隠していたのか？」

シルヴィはゆっくりと首を横に振ると、ひとつ深いため息を吐いて口を開いた。

「……別に隠したわけじゃない。だってモニカ・アシュリーはもう亡くなっているからね。それも、五年も前に」

「なん……だと」

それを聞いたアルヴィンは、力なく長椅子に腰を下ろすと、頭を抱えた。

「そうか、五年前か。……道理で……」

そしてシルヴィは、自分が知る限りのモニカ・アシュリーの情報を話し始めた。

モニカは医療に通じており、神に見捨てられたこの街で、治療師として働いていた。

客に乱暴されて傷を負ったり、客に病気をうつされたりした多くの娼婦たちが、モニカに助けられながら生きていたのだ。

そんなモニカの娘は、周囲にその存在こそ知られていたものの、拐《さら》われたり、売られたりすることを酷く恐れていた母によって表に出されることはなく、秘されていた。

家の奥で、母親以外の誰とも顔を合わせることなく、ひっそりと暮らしていたのだという。

「そしてそのモニカの娘は、母が死んだ後すぐにこの街を出て、それっきりだ」

だからもうこの街にはいないよ、と。そう言ったシルヴィにアルヴィンは絶望的な表情を浮かべた。

「ああ、なんてことだ……。ここまで来て……！」

伯爵令息であり、聖騎士でもある彼がこんなにも必死で探すほど、モニカとその娘は、重要人物だったのだろうか。シルヴィは首を傾《かし》げる。

「ねえ、あんたはさ、なんでそんなに必死になってモニカを探しているの？」

情報屋は求められた情報だけを客に渡せば良い。それ以上を聞く義理も義務もない。だがどうしても気になったシルヴィは思わずアルヴィンに聞いてしまった。

「先ほども言ったが、詳細を話すことはできない」

「……そっか。まあ、それはそうだよね」

彼が聖騎士であり、これが任務であるのならば、やはり守秘義務があるのだろう。

生真面目な彼がこれ以上の詳細な内容を話すことはないだろうと、シルヴィはそれ以上を聞くことはやめる。

だが、モニカを探しているのは伯爵令息であるアルヴィンに命令を下せるような、やんごとなき身分の人間である、ということだけはわかった。

しばらくして、落ち込んでいたアルヴィンがようやく顔を上げ、シルヴィをとっくりと見つめた。

その何かを探るような真剣な眼差《まなざ》しに、シルヴィは動揺する。

「シルヴィ。君はモニカの娘の名前を知っているか？」

「……悪いけど、知らない。多分この街の誰も知らないと思うよ」

それほどまでに、用心深い母親によって彼女の娘は部屋の奥に厳重に隠されていたのだ。

この街の特性を思えば、娘を守るために仕方がないのだろうと当時は考えていたが、だからといって家から一歩も出さないというのは、やはり常軌《じょうき》を逸しているように感じる。

おそらくモニカには、何かしらの秘密があったのだ。わざわざ聖騎士が捜索に来るほどの重大な秘密が。

シルヴィの言葉を聞いたアルヴィンが、あからさまに落胆する。

「シルヴィ。なんだっていい。何か少しでも手掛かりになるような情報はないか……？」

縋《すが》るような目で言われ、それから肩を大きな両手で掴まれて、シルヴィは体を大きく震わせる。するとアルヴィンが眉間に皺《しわ》を寄せた。

慌ててシルヴィは後退《あとずさ》り、彼の手を肩から振り落とす。

（――さて、どうするべきか）

モニカの娘が見つかったとして、彼女はどうなるのだろうか。

この男の性格からして、罪無き少女を害するようなことはなさそうだが、実際に彼女がどんな扱いを受けるかは、彼の主人次第であり、正直言って未知数だ。

だが、これはシルヴィにとって、現在の状況から抜け出すための、千載一遇の機会《チャンス》かもしれない。

シルヴィはずっと母の遺言通り、いつかこの街から抜け出すつもりだった。けれど、この街を飛び出したところで、戸籍がなく難民と同等の扱いとなるシルヴィには、真っ当に金を稼ぐ術《すべ》はなく、生きていくこと自体が難しい。

だがこのお人好しの男をうまく利用できれば、身の安全を守りつつ、この街を出ることができるかもしれない。

シルヴィはしばしの逡巡の後、覚悟を決めて口を開く。

「……僕、モニカの娘の顔なら知ってるよ。彼女がこの街を出る時に見かけたから」

「本当か！」

アルヴィンは顔に喜色を浮かべた。それを見て、シルヴィの胸に僅かな罪悪感が湧く。

「ならばその特徴を教えてくれ！」

「金の髪で、青い目をしていたよ。まあ、美人だったかな」

「そんなの、この国に腐るほどいるじゃないか……」

アルヴィンはまたがっくりと肩を落とした。なんせ目の前のシルヴィも同じ色を持ち合わせているのだ。アルヴィンの焦げ茶色ほどではないものの、この国では金の髪も青い目もさして珍しくない。確かにその情報だけではモニカの娘を探し出すことは難しいだろう。

よってすかさずシルヴィは、彼に自分を売り込む。

「うん。そうだね。だけど僕なら、彼女の顔を見ればすぐにわかると思うよ」

シルヴィはアルヴィンを唆《そそのか》す。おそらく彼はこの街を出た後もモニカの娘を探す旅を続けるはずだ。そしてシルヴィは、一度見た人間の顔を忘れない。

「だから僕を雇ってよ。アルヴィン様。あなたのモニカの娘探しとやらに同行してあげるよ。どう？」

そんなシルヴィの提案に対し、アルヴィンは躊躇《ちゅうちょ》しなかった。

「よし、ならば君を私の従者として雇おう。給金は一ヶ月金貨三枚でどうだ？」

彼はその場であっさりシルヴィを雇うことを決め、挙句なかなかに高額の報酬まで提示してくれた。

難民がこの国に居つくことを嫌がる国民は多い。よって難民に生きる術を与えぬよう、彼らを雇うことは嫌厭されている。

たとえ雇われたとしても、驚くほどの安い賃金で、まるで奴隷のような扱いを受けることになる。

故に難民たちは飢えてどうしようもなくなって、この街へと堕ちてくるのだ。

だからこそシルヴィはアルヴィンから断られることも想定していた。

それなのに、驚くほど簡単に受け入れられてしまった。

選民思想の強いこの国の国民とは思えぬほど、アルヴィンには偏見がなく、柔軟な考え方を持っているようだ。

だがその一方で、そのあまりの容易《チヨロ》さに、この人本当に大丈夫なのかな、と改めてシルヴィは心配になってしまった。きっとこれまでも幾度も他人に騙《だま》されて、搾取《さくしゆ》されていることだろう。

せめて自分がそばにいられる間は、しっかりと彼を守らなければ。

すでに自分自身が彼を騙くらかしている事実は棚に上げつつ、シルヴィはなけなしの良心でそんなことを思った。

「それからシルヴィ。君は少し痩せ過ぎだ。育ち盛りだというのに、なんだその折れそうな細い肩は。私の従者になった以上、もっとしっかりと食べさせるからな」

さらにはそんなことを言ってシルヴィを心配するので、シルヴィは呆《あき》れ果《は》てて思わず天井を仰いでしまった。

日が暮れて、さらに活動が活発になった娼婦たちに捕まらないようにと、シルヴィはカモっぽさが滲《にじ》み出るアルヴィンを、彼が宿泊している宿まで送ってやってから、自らが住まう『薔薇の宮』へと帰る。

さて、明日になればアルヴィンと共に、この街を出ることになる。今夜のうちに準備を終えて、世話になった皆に挨拶に行かねばなるまい。

家族のいないシルヴィは身軽だ。いつかここを出ていくことを考えていたから、持ち物もそう多くはない。

シルヴィがここまでこの街で無事に生き残れたのは、この街に住む多くの人たちによって守られていたからだ。その感謝は伝えなければ。

そんなことをつらつらと考えながら門を潜ると、この娼館の店主であり、亡くなった母の親友でもあったエイダが、仁王立ちになってシルヴィの帰りを待っていた。

色香の溢《あふ》れる美貌、艶《つや》やかな黒髪に、弾けんばかりの豊満な胸。括《くび》れた腰に真っ白な肌。

かつてこの街一番の売れっ子だったその美しさは未《いま》だ健在だ。現役を退《しりぞ》き、三十代の半ばを過ぎてなお、あえてエイダを指名したがる客は後を絶たない。

「ひえっ……」

だが、その美貌を台無しにする深い眉間の皺から、彼女が酷く怒っていることが察せられ、シルヴィは震え上がった。

普段は本当の母のように可愛がってくれる慈愛に満ちた優しい女性だが、怒らせると非常に怖いのだ。

「……ちょっとこっちへいらっしゃいな。シルヴィ」

そう言って手招きしながらにっこりと笑う顔が怖い。非常に怖い。

こういう時は逆らわないほうが良いとわかっているシルヴィは、大人しくエイダの後ろをついて彼女の部屋へと入った。

部屋に入るなりそこに置かれた豪奢《ごうしゃ》な寝椅子に腰をかけると、長い足を組み、エイダはシルヴィを睨《ね》めつけた。

「ねえ、シルヴィ。いいえシルヴィア」

エイダは二人きりの時は、シルヴィを本当の名前で呼ぶ。母がつけてくれた、大切な名前を。

「はい、エイダ姐さん」

シルヴィアは慌てて背筋を伸ばし答える。

「あなたが妙な男を部屋に連れ込んだと聞いたから、心配であなたの部屋の扉の前であのカモっぽい男との会話を聞いていたのだけれど」

ずいぶん堂々とした盗み聞きである。だがこれまでエイダから受けた恩を考えれば、文句は言えない。

そしてどうやらアルヴィンは、エイダの目から見ても立派なカモに見えるらしい。思わず吹き出しそうになるのを必死で堪えて、シルヴィアは神妙そうに肯く。

「……はい」

「どういうつもり？」

「…………」

エイダはシルヴィアの母に救われた過去を持つ。かつて客から病気を貰《もら》い、それまで売れっ子だとすり寄っていた誰もが手のひらを返して彼女を見放した中で、母だけが諦めず彼女を治療し続け、その命を救った。

だからこそ彼女は母へ深い恩義を感じ、今でもこうしてシルヴィの面倒を見てくれるのだ。

彼女の後見がなければ、母を失った時点でシルヴィは娼館に売り飛ばされていたに違いない。

「私、この街を出たいんです」

シルヴィは顔を上げ、エイダの目をしっかりと見つめ返した。

「……あなたはモニカから預かった大切な宝物なの。危険な目に遭わせたくないのよ」

そう、アルヴィンの探しているモニカの娘とは、シルヴィアのことであった。

確かに彼に話した通り、周囲からモニカの娘は家の奥で誰の目にも触れず暮らしていると思われていた。

だが実は母の指示の元、シルヴァスと偽名を名乗り、髪を短く切り、胸を潰し、高襟のシャツや皮の首環《チョーカー》で首元を隠して性別を偽り、エイダの小間使いとしてのうのうとこの街を出歩いていたのである。――――だが。

「やっぱりこのままずっと男のふりをして生きていくことなんて、できやしないんです」

小ぶりとはいえ晒《さら》しで押さえつけた胸が苦しい。意識して低い声を出すのも苦しい。

常に誰かの視線を気にしているのも、苦しい。シルヴィアはずっと、ずっと苦しかった。

「多分、もう限界なんです。私が男として過ごすのは」

シルヴィアの実際の年齢は十七歳だ。だが、声変わりもしていなければ、体もさほど大きくない彼女は、とてもではないが十七歳の男性には見えない。

だからこそ、アルヴィンには十四歳であるなどと嘘を吐いた。

この街で、女だということが露見してしまえば、どんな目に遭うかわかったものではない。それでなくとも美しい見た目のシルヴィアを、男だと知ってなお無理やり手に入れようとする輩が、後を立たないのだ。

エイダが公然とシルヴィアを庇護《ひご》しているからこそ、そして、自分にある妙な運の強さがあるからこそ、これまで心身ともに傷付けられることなく、なんとか生き延びられたのだ。

だが、流石《さすが》にそろそろシルヴィアに疑いを持つ者たちも現れるだろう。

「それに彼は、母を、そして私を探していたのだと言いました」

シルヴィアはずっと知りたかった。自分の素性を。

母は明らかに他国から流入した難民ではなかった。その美しい所作や驚くべき知識量から、おそらくはこの国の上流階級の出身だったと思われた。

（さすがに母様がこの国の貴族令嬢だったとは思わなかったけど）

モニカ・アシュリー男爵令嬢と、アルヴィンは母をそう呼んだ。つまりシルヴィアもまたこの国の貴族の血を引いているということだ。

シルヴィアは思わず笑みを零《こぼ》す。どんな怪我《けが》をした患者であろうが全く恐れずに治療にあたっていた豪胆な性格の母は、とてもではないが深窓のご令嬢とは思えない。

そんな彼女が、この街で身を隠すようにして生きていた理由。それを、知りたい。

だから、自分を探しているという人間の、正体を知りたい。

それは母が、結局最期まで名前すら教えてくれなかった自分の父親なのか、それとも母の親族なのか。

おそらくアルヴィンについていけば、それがわかるはずだ。

間抜けな彼はシルヴィアを言われるまま男だと思い込み、さらには十四歳だと思い込んでいる。上手《うま》くやれば自分の正体を明かさぬまま、欲しい情報だけを手に入れることもできるだろう。状況によっては、正体がばれる前にとっとと逃げ出してしまえばいい。

「知らないほうが幸せってことも、この世には多いのよ」

痛ましげな目でシルヴィを見つめ、エイダはため息を吐いた。

「ここにいればわかるでしょう？　一体どれだけの子供が親に売られていると思うのよ」

「…………」

そんなエイダ自身が、親によって売られた子供だった。美しく生まれたからこそ高く売れると、彼女の親は喜んだという。

自分が高値で売れたことで、可愛い弟妹たちが飢えずに済むのだと。そう必死に自分に言い聞かせてこの苦界を耐えたのだという。

「会ったことのない父親なんて、期待するだけ無駄よ」

エイダの言葉は真実だ。それでも、とシルヴィは歯を食いしばり、顔をあげる。

「だけど母様は、一度たりとも父のことを悪く言ったことがないんです」

母は人の本質を見抜く天才だった。露悪《ろあく》的な物言いをするエイダを本当は心優しい女性だと見抜いたし、甘い言葉で自分を陥れようとする者たちは、ことごとく冷たい言葉で切り捨てた。

そんな母が、まんまと男に騙されて子供を孕《はら》んだとは、どうしても思えない。

だって、シルヴィアが父親について聞けば、母は幸せそうに笑って言ったのだ。

『――最高の男だったわよ』と。

結局いつもその一言だけで、それ以上のことは教えてくれなかったけれど。

きっと母は何らかのどうしようもない理由があって父の元から離れたのだと、シルヴィアはそう思いたいのだ。

「……わかったわ。好きなようにやってみなさい」

エイダが苦しげな顔でそう言った。母のように、姉のように慕う、大好きなひと。

「ありがとうエイダ姐さん……！」

それからエイダは手を伸ばし、シルヴィアを引き寄せるとぎゅうぎゅうに抱きしめる。

いざとなったら彼女の説得は諦めるしかないと思っていたが、やはりそれは極力避けたかったのだ。散々世話になった大好きな人に、不義理なことはしたくなかった。

「ごめんなさいね、シルヴィア。こんなところで長く暮らしていたから随分と擦れてしまって、人を簡単には信用できなくなっているのよ。だから……」

「うん……わかってるよ。エイダ姐さん」

こんな地獄のような場所で、それでも時折垣間見《かいまみ》える人の良心は、何よりも美しい。

シルヴィアも腕を伸ばし、彼女の滑らかな背中に手を這《は》わせて抱きつく。

「辛かったらいつでも戻っていらっしゃい」

「うん。ちゃんと自分で納得ができたら、帰ってくるよ……！」

それから、『薔薇の宮』の娼婦や使用人たちに散々泣かれつつ別れを告げ、旅の準備をして、シルヴィアは満たされた気持ちでその夜を過ごした。


次の朝、アルヴィンが厩舎《きゆうしや》から愛馬を引き出し宿を出れば、そこには約束通り大きな荷物を背負ったシルヴィがいた。

そしてなぜかその隣には、布面積の少ない衣装を身に纏った、見知らぬ謎の美女がいた。

大きく張り出した胸に、くびれた腰。多くの男性が理想とするような素晴らしい体を誇らしげに見せつけられ、垂れ気味の色っぽい目でじっと見つめられれば、なんとも居心地が悪い。

突然現れた迫力ある美女に、アルヴィンは動揺する。男ばかりの騎士学校を出て、男ばかりの寮で暮らし、男ばかりの職場で、聖騎士として真面目に働き、清く正しい日々を送っている彼には、少しばかり刺激が強かった。

不躾《ぶしつけ》な目で見ないようにと、必死で視線を宙に彷徨《さまよ》わせる。

そんな生真面目な彼を見て、謎の美女は面白そうに微笑《ほほえ》んだ。

「はじめまして、騎士様。私はエイダと申します。この子の保護者のようなものですわ」

まさかの保護者同伴。アルヴィンはさらに動揺した。もしやこの美女まで旅についてくるつもりだろうか。それは流石に心臓への負担が重すぎる。無理だ。

「ごめん、アルヴィン様。エイダがどうしても挨拶したいっていうから……」

アルヴィンが目を白黒させていると、シルヴィが眉を下げて申し訳なさそうに謝る。

どうやら挨拶だけで良いようだ。アルヴィンは内心安堵《あんど》した。

確かに聞けばシルヴィはまだ十四歳だという。そんな子供を自分のような見知らぬ男に託すのだから、保護者としては心配だろう。

アルヴィンは顔を引き締め姿勢を正し、真っ直ぐにエイダを見た。

「はじめまして。私はアルヴィン・フォールクランツと申します。任務遂行のため、どうしてもシルヴィの助けが必要なのです。どうか、彼を連れて行くことをお許しいただきたい」

丁寧かつ誠実なアルヴィンの言葉に、エイダはまた微笑んだ。

娼婦如《ごと》きとエイダを軽んじるようであれば、シルヴィは渡さないつもりだった。

金で買える女を、自分とは同じ人間だと思わないようなクズな輩は少なくない。だが、アルヴィンからはこちらを蔑むような気配は感じなかった。

母親同様、シルヴィの人を見る目は悪くないようだとエイダは安堵する。

「――はい。どうか、この子をよろしくお願いいたします」

そして、エイダはアルヴィンに深く頭を下げた。美女に頭を下げられるという未知の体験にアルヴィンは慌てる。

「い、いえ、こちらこそ。それほど危険な旅ではありませんし、もし何があってもシルヴィは必ず私が守りますので！」

それはまるで結婚の挨拶のようで、シルヴィは思わず笑ってしまった。実際にはただの就職なのだが。

それからエイダは昨夜のように、シルヴィを引き寄せて抱き締めた。その温《ぬく》もりを忘れないようにと、強く、強く。

もちろんシルヴィもその柔らかで良い匂いの体を抱き締め返す。

そんな二人を、アルヴィンはなぜか気まずそうに目を逸《そ》らしている。

「――あなたがいなくなるのは寂しいわ……」

切なげに呟《つぶや》かれ、シルヴィの視界も潤む。

もうしばらくは、ここへは帰ってこられないだろう。それどころか状況によっては、二度と帰ってこられないかもしれない。

それはつまりエイダの顔を見ることも、その温もりに触れることも、しばらくはないということだ。

そう考えると、こんな地獄の様な場所でも、惜しく感じる。

母のように、姉のように、いつも自分を守り、育て、導いてくれた。優しく美しい人。

感傷に浸って、思わずシルヴィが目を潤ませたところで。

「……でもこの男は悪くないわ。シルヴィア。できるなら旅の間に誑《たら》し込《こ》んでおしまい」

容易《チョロ》そうだから、と。耳元でエイダが生々しいことをこっそりと囁《ささや》いて、シルヴィの涙は一気に乾いた。

「ちがっ……！　そういうのじゃないから！」

思わず顔を真っ赤にしたシルヴィが慌てて言い返せば、エイダは楽しそうにころころと声を上げて笑った。

「さあ、行ってらっしゃいな、愛《いと》しい子。どうか良き旅となりますように！」

そして名残惜しげに体を離すと、祝福と共に、笑顔で送り出してくれた。

お互いの姿が見えなくなるまで、エイダは見送り続けてくれた。

数歩歩くごとに、振り返っては手を振り合う。そんな二人をアルヴィンは何やら微笑ましげに見ていたのだが、完全にエイダの姿が見えなくなったところで、肩を落とし、深い安堵のため息を吐いた。

「どうなさいました？　アルヴィン様」

「正直に言おう。少々刺激が強かった」

「……まあ、エイダはこの街でも指折りの美女ですもんね」

「そんなエイダさんとお前が抱き合っている姿の、あまりの眩《まばゆ》さに目が眩《くら》んだ。美しすぎるものは目に毒だな……」

なるほど。だからあんなにも困ったような顔をしていたのか。シルヴィは呆《あき》れる。

「はあ、目、大丈夫ですか?」

「そんなこと言って、お前全然心配してないだろう」

「まあ、してませんけど」

そして、エイダの前で借りてきた猫のようだったアルヴィンを思い出し、シルヴィはケラケラと声を上げて笑う。

慣れない美女との交流に疲れたのか、アルヴィンはげっそりとしている。いい大人のくせに、どれだけ女に免疫がないのだろうか。

「一応今日から私はお前の主人なんだから、もう少し私に敬意をだな」

「だからこうして、ちゃんと敬語を使うようにしているじゃないですか。改めて今日から僕たちご主人様と使用人ですね！　よろしくお願いいたします！　アルヴィン様！」

これでもちゃんと弁《わきま》えているつもりである。だがアルヴィンの眉間の皺は深くなる一方だ。

「それにしてはちっとも敬意を感じないんだが……」

「そんな……！　僕、こんなにもアルヴィン様を敬っているのに……！」

「嘘を吐くな嘘を……！」

確かに少々小馬鹿にしていることは否めないが、これでもシルヴィはちゃんとアルヴィンを信頼し一目置いていた。少なくとも、彼は間違い無く善良で、尊敬できる人間性の持ち主だ。

「大体お前、あんな美女の隣で良く平気でいられるな」

「そりゃ子供の時からずっと一緒に暮らしていましたからね。慣れますよ」

「贅沢《ぜいたく》な奴め。美人は三日で飽きるというが、私には生涯において耐性ができる気がしない。私はこう、野に咲く花のような、一緒にいて緊張しない楚々《そそ》とした感じの女性がいいな……」

「案外そういう雰囲気の女性の方が、計算高くて強《したた》かであざとかったりするんですよ。アルヴィン様。女性に夢を抱き過ぎです」

「男が女性に夢を見て何が悪い……！」

「いい歳して童貞《どうてい》じゃあるまいし、やっぱりちょっと夢を見過ぎだと思いますよ」

「ど……！」

シルヴィが何気なく言った言葉に、アルヴィンが酷く動揺している。どうやら図らずも自分は真実を口にしてしまったようだ。

「……え？　本当に？」

シルヴィは驚き思わず聞き返してしまった。流石に二十代中盤の年齢の貴族男性で、そういった経験が一切ないことは、かなり、というか非常に珍しい。

貴族の生まれであり、いずれは後継を作らなければならない立場である以上、生殖機能に問題がないか、若い頃にそれなりの手ほどきを受けるものだと思っていた。

「まあ、確かになんだか童貞臭のする方だなあ、とは思っていたんですけど」

「……童貞には臭いがあるのか？」

そんな阿呆《あほう》なことを真面目に言い、自分の身体に鼻を近づけて匂いを嗅ぎ、不思議そうに首を傾げるアルヴィンに、シルヴィは思わず声を上げて笑ってしまった。

自分が真実清い身であるということを、自ら証明してしまっている。

「そんなわけないでしょう。たとえ話ですよ」

シルヴィが腹を抱えて涙を流しながら笑い転げれば、流石にアルヴィンも不貞腐《ふてくさ》れた。

「大体お前、もう少し言葉を選んで使え！　あまりにも慎《つつし》みが無いぞ！」

「すみません、気をつけます。娼館の姐さんたちと話していると、つい色々とあけすけな話になっちゃうんですよね」

「きょ、教育に悪い環境だな……」

花街育ちにこれまた随分と厳しいことを言う。シルヴィは彼のお育ちの良さに、またしても笑ってしまった。あんな奈落の様な場所で、子供が真っ当に育つのは難しいというのに。

「そんなに笑わなくたっていいだろう！　私は！　妻となる愛した女性としか！　そういう関係になるつもりはないいんだ！」

力一杯に宣言され、また笑いがこみ上げてくる。確かに彼はあの街で娼婦たちに囲まれていた際、そんなことを言ってはいた。だが、まさか本当に、その言葉のまま清い体とは思わなかったのだ。

「それまた素晴らしいお心がけですね」

「シルヴィ。お前、絶対に私のことを馬鹿にしているだろう」

「いや、なんというか。そもそも男の純潔に価値なんてものがあるとは思いませんでした」

男性にとって、それはむしろ早めに捨てたいものなのだと、シルヴィは勝手に認識していた。初夜に花嫁に負担をかけないように、結婚直前になって娼婦に手ほどきを受けにくる花婿も少なくないのだ。

するとそれを聞いたアルヴィンが、顔を真っ赤にして怒りだす。

「酷いことを言わないでくれ。童貞であることは決して恥ずかしいことなどではない！　私は未来の妻に捧《ささ》げるために大切にとっておいているんだ……！」

どうやらこれまでも散々そのことを周囲から揶揄《からか》われてきたのだろう。そして下手に大切にしてしまった分、今更あっさりと捨てることもできず、そのままずいぶんと童貞を拗《こじ》らせてしまっているようだ。

きっと彼の中で、男女の交わりは神聖なものとして、位置付けられているのだ。

シルヴィの母は、この街で多くの哀れな娼婦たちの治療をしてきた。

乱暴に扱われ、殴られ、異物を無理やり突き込まれ、酷い怪我を負った女たちも多かった。

だから母のそばで、彼女たちの治療の手伝いをしていたシルヴィにとって、男女の交わりは恐ろしく、穢らわしいものにすら感じていたのだ。

けれど、それもまた、一部の側面を切り取ったものに過ぎないのだろう。

「それは素晴らしいお心がけですね。アルヴィン様」

「男は若いうちにある程度遊んでいたほうがいいなどと言われるが、大きなお世話だ！」

「さすが、素晴らしいお心がけですね。アルヴィン様」

「おいシルヴィ。お前さっきからずっと同じ言葉しか言っていないぞ。しかも絶対にそんなこと思ってないだろう！」

適当に相槌《あいづち》を打っていたのがばれてしまった。シルヴィは小さく舌を出す。

「申し訳ございません。……でも僕は、本当に素晴らしいことだと思いますよ。アルヴィン様」

「説得力がない！」

馬鹿にされたと完全に拗《す》ねてしまったアルヴィンを、宥《なだ》めるようにシルヴィは笑う。

「だって、愛する人に純潔を捧げられるなんて、ものすごく、贅沢《ぜいたく》なことですから」

シルヴィのそんな言葉に、アルヴィンは息を呑み、そして押し黙った。

花街で生まれ育ち、一般よりも大幅に倫理観やら性道徳が擦れてしまったシルヴィには、純潔は売り物という認識だった。初物だからと少々高値で売れるという程度の、商品。

けれどアルヴィンにとっては、いつか愛する人に捧げたいと願う大切なものなのだ。

そのことを、素直に羨ましく感じる。

「なんだか、僕にも先入観があったのかもしれません。男って女にはやたらと貞淑さを求めるくせに、自分の貞操には無頓着で緩いと思い込んでいました」

それを聞いたアルヴィンは、少々恥じ入るような顔をする。もしかしたら自分自身にも省みる点があったのかもしれない。

そんな目の前の誠実な分かりやすい男に、シルヴィは何やらほっこりと心が温かくなってしまった。世の中にはまだ、きれいなものがたくさんあるのだ。捨てたものではない。

「ねえ、アルヴィン様。是非その純潔を、本当に愛する人が現れるまで、大切にとっておいてくださいね」

――いつか巡り合うであろう、たった一人のために。

そうしたら何かが救われ、報われる様な、そんな気がした。

「……ああ、そうだな」

アルヴィンは小さな声で言った。彼のその素直なところは、何物にも代えがたい美点であるとシルヴィは思う。ずっと変わらないでいて欲しいと、そう思う。

「……あなたの奥さんになる人は、幸せだろうなぁ」

シルヴィはしみじみと呟くと、目を細めて、アルヴィンを見つめた。

アルヴィンは一瞬そんな彼女に見惚れ、そして慌てたように顔を逸らした。

そう。きっと、彼の妻となる女性は、とてもとても幸せだろう。

――なぜか、ふと「羨ましい」という感情が胸に湧いた。

それは、自分のような人間には、手の届かないものだからだろうか。

この人に、大切にされ、愛されるにふさわしい、美しいもの。

「……ならばシルヴィ、私とお前で『結婚までは貞操を守る同盟』を組まないか？」

「………………」

そしてきりっと顔を上げ、至って真面目な顔で、突如そんな阿呆なことを言い出した主人に、シルヴィの切ない感傷は吹き飛んだ。

「嫌です」

もちろんシルヴィは即答した。だがアルヴィンは諦めない。

「お前は私の従者だろう。付き合ってくれたっていいじゃないか。結婚するまで共に清く正しく生きよう」

「確かに僕は今あなたの従者ですが、そんなもんに付き合う義理も義務もありません。妙な同盟に勝手に組み込まないでください」

「ま、まさかお前その年齢でもう……！」

敗北感に満ちた顔のアルヴィンに、シルヴィは心底呆《あき》れ返《かえ》る。

「違いますよ。変な想像をしないでください。そもそもそこまで割り切れる性格なら、あの街でわざわざ情報屋なんてやってませんって。ほら、僕ってすごく可愛いじゃないですか。だから色々な店から引く手数多《あまた》だったんですよ？」

シルヴィはその美しい見た目に加えて対人能力の高さもあり、街中の娼館の主人からうちの店で働かないかとしょっちゅう声をかけられていた。

もちろんその度に、エイダが追い払ってくれていたのだが。

母の治療をそばで見続けていたこともあって、シルヴィは身を売ることに抵抗があった。

「もちろん好きでやってる方も多少はいるんでしょうが、大体が他にどうにもできなくなって仕方なく身を売る場合がほとんどなんです。他に稼ぐ手段があるのなら、あえて売る必要もないでしょう」

だからこそシルヴィは、この記憶力を売って情報屋をしていたのだ。

「そもそも身体を売るつもりなら、もうとっくに売ってますって。若い方がより高値がつきますしね」

「シルヴィ。……そういう言い方は、あまりよくない」

アルヴィンに真面目な顔で嗜《たしな》められ、シルヴィは悲しいような嬉しいような、なんとも言えない気持ちになる。

「……本当にアルヴィン様は初《ウブ》ですね。あまり男女の色事に夢を見ていると、後々辛いですよ。……そんな良いもんじゃないんですからね」

「言うな。夢を見るのは童貞の権利だ。放っておいてくれ」

「僕はただ、いつか無情な現実を知った時に、アルヴィン様ががっかりしないようにと心配しているのに」

「だからそうやって私の夢や希望を壊そうとするのはやめてくれ。私はまだ夢を見ていたいお年頃なんだ……！　そしてむしろお前は冷めすぎだ！　童貞ならもっと夢を持て！」

「だから過度な期待は身を滅ぼしますって」

くだらない会話で戯《たわむ》れあいながら、街の外へ向けて真っ直ぐに歩いていく。

主人と従者の関係となっても変わらない気負いのない関係が、なんだか心地良い。

「さて、冗談はさておきアルヴィン様。この街を出たらどちらに向かう予定ですか？」

「冗談だったのか……!?　ああ、まずはここ近辺の村や町を回ってみようと思っている」

女の足ではおそらくそう遠くにはいけないだろうというアルヴィンの言葉に、シルヴィは神妙そうに頷いてみせる。

そんな彼の探し人は、実は他の誰でもない隣にいるシルヴィなのだが、その真実を伝えるか黙ったままでいるかは、アルヴィンの主人の人となりと、その目的を知ってから、適宜判断するつもりだ。

罪悪感はそれなりにあるし、良心も少なからず痛むが、自己防衛は大切なのである。

彼らの目的の全てを知ってからでも、決断を下すのは遅くはないだろう。

様々な店が雑多に並ぶ道を抜け、やがて街の出口へと近付く。

この街は、性産業が盛んであり、借金を背負った娼婦たちが逃げ出さないよう、その周囲を高い壁で囲まれている。

そして壁をくり抜くように作られた出入り用の門は小さく、屈強な門番が見張っているのだ。

逃げれば自分を売った家族にその請求が行くと知りながら、それでもこの街から逃げ出そうとする娼婦は後を絶たない。

ここは、苦界《くがい》なのだ。シルヴィはその中で、奇跡的に守られていたに過ぎない。

生まれて初めてこの街から出ることに、シルヴィの心臓が緊張で大きく速く鼓動を打つ。

「よろしく頼む」

アルヴィンが門番に旅券を見せれば、簡単な荷物検査の後ですぐに門を通ることができた。

同じく門を通ろうとしている商人が、執拗《しつよう》な尋問と検査を受けている横を、すんなりと通り過ぎる。

聖騎士の隊服をきたアルヴィンは信用度が高く、さらには国から発行された旅券を所持していたこともあり、特別待遇であるようだ。

（この人、やっぱり本当はすごい人なんだなぁ……）

フォールクランツ伯爵家とやらが、どれほどの家なのかはわからない。だが、アルヴィンはやはり住む世界の違う人間なのだということを再認識する。

――――シルヴィの横で、へらりとお人好しそうに笑う。この男は。

（……あれ？）

なぜかシルヴィは、胸がずしりと重くなるような妙な感覚に襲われた。少し呼吸が苦しい。

（なんだろう。変なの。なんか……胸苦しいな）

「どうした？　シルヴィ」

思わず足を止めてしまった彼女を振り返り、心配そうにアルヴィンは声をかけてくれる。

その目にあるのは労《いたわ》りだ。この街の住人以外には向けられたことのない、蔑みの色のない目。

「いえ、なんでもありません。アルヴィン様」

「悪いが雨が降りそうだ。少し急ごう」

それまで晴れていたのに、とアルヴィンが心配そうに空を見上げる。確かに空には雲が立ち込め始めていた。

街の門をあっさり潜《くぐ》り抜《ぬ》け、シルヴィを伴いながら愛馬の手綱を引きつつ、アルヴィンは下手くそな鼻歌を歌いながら、機嫌良さそうに歩く。

その姿にシルヴィは首を傾げた。一体彼はなぜ馬に乗らないのだろう。

「アルヴィン様。もう街を出たことですし、馬にお乗りになられても大丈夫ですよ」

「シルヴィ。そういうお前は馬に乗れるか？」

「申し訳ございません。乗れません」

庶民で乗馬ができる者など、ほとんどいない。もちろん、シルヴィも乗馬経験はない。

正直こうして馬の横を歩いているだけで、その大きさに少々怯えてしまうくらいだ。

「そうか。だったら仕方がないな。一緒に歩こう」

そう言って楽しそうに隣を歩く主人の、言っているその意味がわからない。シルヴィアはさらに首を傾げる。

従者というのは本来、騎乗の主人の横を、荷物を持って歩くものなのではないのか。

シルヴィアの言いたいことが大体わかったのだろう。アルヴィンは肩を竦める。

「私よりもはるかに小さくて、はるかに体力のないお前を歩かせて、自分だけがのうのうと馬に乗るなんて真似《まね》、できるわけがないだろう。どこかで相乗り用の鞍《くら》を手に入れるから、それまでは徒歩で我慢してくれ」

彼のその言葉に、シルヴィは驚き目を見開いた。

「――――は？　何を考えているんですか？　僕はあなたの従者ですよ？　一体どこに従者に付き合って、わざわざ一緒に歩く主人がいるんです？」

「残念ながらここにいるんだな。だって私が嫌なんだから仕方ない。つまりは私の自己満足だ。すまないが付き合ってくれよ、シルヴィ。それにこうして二人で歩くのも楽しいだろう？　騎乗じゃ見られない景色もたまにはいい」

おそらくは、まだ歳若く小柄なシルヴィを歩かせ、彼女よりはるかに強靭《きょうじん》な自分が楽をすることが、彼の騎士道的に許せないのだろう。

本当に生真面目で、お人好しで、優しくて。……困った人だとシルヴィは眉を下げる。

「わかりました。でもこれでも僕は案外体力がある方なので、しんどくなったら遠慮せず馬に乗ってくださいね」

「……お前ね、一応私はこれでも聖騎士だからな……」

ぼやくアルヴィンに笑いかけて、シルヴィもまた機嫌良く歩き出した。

道の周りには小麦畑が広がっていた。この国の土壌は肥沃《ひよく》だ。小麦はよく実り、その重い穂を風に揺らしている。確かに、この視線の高さだからこそ、見える景色もあるのだろう。

気がつけば先ほどまで太陽を覆っていた雲は消え去り、空はどこまでも高く澄み渡っていた。

「おやまあ、これは聖騎士様。こんにちは」

街道沿いの畑の手入れをしていた農夫が、道をゆくシルヴィとアルヴィンに気付き声をかけてくる。

「ああ、こんにちは。精が出ますね。今年の収穫はどうですか?」

「ええ、今年も豊作ですよ、聖女様のおかげですねぇ」

その言葉を聞いたアルヴィンに、なぜかわずかな緊張を感じ、シルヴィは彼を見上げた。

「今日は良い天気です。きっと聖女様が喜んでおられるのでしょう」

「ええ、そうですね……」

会話に上がった『聖女』について、シルヴィはあまり知らない。だがこの国の人間たちはその存在を深く信奉している。

だが、難民たちからは、『聖女』はむしろ諸悪の根源のように扱われていた。

彼ら曰《いわ》く、聖女とやらがこの国に神を強引に留めて独占しているがために、他国にはその恩恵が与えられないのだと。

（確かに、この国は、異常に恵まれているからなあ……）

他国の人間がそう思い込んでしまっても、仕方がないのかもしれない。他国に比べ、あまりにも、この国は恵まれていた。

「どうか聖騎士様に、聖女様の御加護《ごかご》を」

「ええ、あなたにも聖女様の恩恵がありますように」

形式的な祝福を交わし合い、農夫と別れると、二人はまた道を行く。

『聖女』とは、この国の王女が代々担う神殿の役職なのだという。王家の血を継ぐ乙女にしか、神の声は聞こえないのだとか。

エイダの常連客が酔っ払ってそんな話をしていたことを思い出し、シルヴィは口を開いた。

「アルヴィン様は、聖女様にお会いしたことがおありですか？」

「……いや、ない。私如きがお目にかかれるような方ではない」

「へえ、やっぱりすごいお方なんですね」

「そうだな。我が国で最も尊いお方だ」

聖女様とやらは、なんと名目上は国王陛下よりも地位が上なのだそうだ。

所詮は王女様の名誉職くらいにしか思っていなかったのだが、どうやらそうではないらしい。

どちらにせよ、シルヴィには、遠い世界の話のようにしか聞こえなかった。

それから二人は半日以上歩き続け、ようやく次の町にたどり着いた。

くだらない話をしながら歩いたからか、不思議とそれほど長い時間には感じなかった。

「やはり旅には道連れが必要だな」

これまで寂しい思いをしていたのか、そんなことをしみじみと言うアルヴィンに「お役に立てて光栄です」とシルヴィは笑う。

「わぁ……！」

そして門を抜け、町に入り、周囲を見渡したシルヴィは、思わず歓声を上げてしまった。

白い壁に赤い屋根の家が等間隔に並び、その窓辺には色とりどりの花が飾られている。建物の間を網目状に走る道は、全てしっかりと石で舗装されていた。

良く整備された、美しい町だ。陽が降り注ぎ、人々の顔もまた明るい。

雑多な建物が並ぶ不衛生な花街で育ったシルヴィが、これまで見たことのないその美しさに圧倒され見惚れている一方で、隣のアルヴィンは、特に驚きを見せない。

つまりはこの町は、この国のごく一般的な普通の風景なのだろう。

（外の世界は、こんな風になっていたんだな……）

不思議とまた、ちくりとシルヴィの胸が痛んだ。自分はここにいてはいけないような、そんな気がしたのだ。

「さて、まずは今夜の宿を探して、それからこの町を一緒に捜索しようか」

そしてアルヴィンはさしたる吟味もせず、適当に「ここで良いか」と厩舎のついた明らかに高級そうな宿の中へと堂々と入っていく。シルヴィはそのおざなりさに驚きつつも彼の後を慌ててついていく。

宿に入れば、聖騎士であるアルヴィンの姿に店主が慌てて出てきて、畏《かしこ》まった様子で接客され、あっという間に最上級の部屋へと案内されてしまった。

アルヴィンもそれを当たり前のように受け入れているあたり、聖騎士はシルヴィが考えていた以上に特権階級なのかもしれない。

その隊服を身につけているだけで、誰もが彼を敬い、特別な待遇をしてくれるのだから。

案内された部屋には、主寝室《マスターベッドルーム》とは別にちゃんと従者用の小さな部屋も用意されていて、シルヴィは内心でこっそり安堵のため息をついた。

いくら男だと思われているとはいえ、さすがにアルヴィンと一緒の部屋で寝泊りするのは抵抗があるし、女だと気付かれてしまう可能性も上がってしまう。

最上階にあるこの部屋の窓辺には、やはり花が鉢に植えられている。鼻を擽《くすぐ》るその香りに誘われてシルヴィは窓辺に歩み寄り、外の風景を眺めた。

窓を開ければ、吹き込んだ風で短い髪が揺れる。

――明るく美しい昼の町。思わずその眩しさにシルヴィは目を細めた。

やはり澱《よど》んだ夜の街で育った自分は異質で、ここにいてはいけないような、そんな気がして少し気後れがする。

「……美しいな」

するとそれまで黙って荷物を解いていたアルヴィンが、思わずといった様子で呟いた。

「はい？」

「い、いや。なんでもない」

振り返り聞き返せば、アルヴィンは慌てて目を逸らしわずかに頬を朱に染めた。どうやら彼は風景ではなく、窓から外を眺めるシルヴィの姿に見惚れていたようだ。

自分がいわゆる『美しい』と分類される容姿をしていることを、シルヴィは事実として認識していたし、これまでそれを利用して生きてきた。

けれどアルヴィンの目にも、ちゃんと自分は美しく映っているのだと知って、少し陰鬱《いんうつ》になっていた心が、瞬く間に晴れていく。

なぜか、自分でも驚くくらいに、そのことが嬉しい。

（そうだ。卑屈になっても仕方ない）

くだらない思い込みで自分の価値を低く見積もってはいけない。シルヴィは、アルヴィンににっこりと笑いかける。

すると彼は、やはり魂が抜けたように一瞬シルヴィに見惚れた。その目に自信を取り戻す。うん。やっぱりちゃんと自分は可愛いのだ。

「さて、何はともあれアルヴィン様。まずはそのお召し物を変えましょうか」

「む。なぜだ？」

全くわかっていない様子のアルヴィンに、シルヴィは呆れたように肩を竦めてみせる。

「その聖騎士の隊服。良くも悪くも目立ちすぎるんです。そりゃあ正当な任務であれば問題ないのでしょうが、今回は極秘の任務なのでしょう」

「確かにそうだが、生憎《あいにく》、私はこの隊服しか持っていなくてな……」

なんとアルヴィンは、国から支給された二枚の聖騎士の隊服を交互に身につけ、日々を凌《しの》いでいるのだという。つまりはどこにいくにも何をするにもこの華美な隊服ということだ。

なんでもこの隊服は公式の場でも正装として認められているし、私的な場においても一切文句は言われない。さらには神に仕える聖騎士様だからと、道行く先々で色々と優遇してもらえる最高の衣装なのだとか。

「でもいくらなんでも隊服が一張羅《いっちょうら》って……」

「正直、私には服の良《よ》し悪《あ》しがわからないし、流行もよくわからなくてな…。その点、隊服ならどこでもまず間違いがないから、まあ、これを着ておけばいいかなと……」

伯爵家の、聖騎士の名が泣ける。シルヴィは心底呆れた目でアルヴィンを見た。

我が主人は、一体どこまでモテない男路線まっしぐらなのか。

「も、もちろん実家に帰ればちゃんと他の服もあるぞ！　ただ、今は持っていないだけだ！」

おそらくこの調子では、実家でも家人が買《か》い揃《そろ》えた衣装を、言われるがままに着ているだけだろう。おそらく、興味がないからどうでもいいのだ。

「……はあ、アルヴィン様が極度の面倒くさがりな上に美的感覚《センス》も死んでいることは良くわかりました。ですが他にも聖騎士様がたくさんおられる聖都とは違って、こういう田舎じゃ非常に目立つんですよ、その隊服。さらには相手によってはカモや金蔓《かねづる》に見られてしまうので、やめたほうがよろしいかと」

「そこまで言うか……？」

シルヴィが情け容赦なく扱《こ》き下《お》ろせば、アルヴィンの眉がしょんぼりと悲しげに下がった。

「それに、聖騎士から突然声をかけられたら、誰もがまずは警戒するでしょう？　……目的であるモニカの娘も、怯えて逃げてしまうかもしれませんよ」

「そうか。確かにそれもそうだな」

アルヴィンはあっさりと抵抗をやめた。シルヴィの言葉に理があると受け入れたらしい。

やはり公正で実直な男である。

「アルヴィン様は、本当に良い人ですね」

「良い人だけど物足りない、と言われる人生を歩んできたが」

「そんなことを言う人間の方に、見る目がないんですよ」

「そ、そうか……」

褒められ慣れていないのか。妙に照れているアルヴィンが可愛らしく、シルヴィはほっこりとしてしまう。随分と年上の男性に対する感想とは思えないが、事実だ。

「それから、その髪。整えさせてください。ボサボサじゃないですか」

「こまめに洗うようにはしているんだが」

「梳《と》かしていないでしょう。後ろの方、こんがらがって鳥の巣みたいになってますよ」

「…………」

実家や聖騎士の寮では面倒をみてくれる人がいたが、こうして一人で旅をしている間は、見た目までは手が回らなかったとアルヴィンは言い訳をしている。

そんなややたら量のある彼の焦げ茶色の髪を、シルヴィはブラシで容赦無くバリバリと音を立てながら梳《す》いた。

「痛い痛い痛い！　少しは手加減をしろ！」

「我慢してください。ほら、よく見れば割と格好良い顔をしてるんですから。勿体《もったい》ないですよ」

するると、アルヴィンは痛みで目を潤《うるま》ませながらも、また照れたように笑った。やはり可愛い。

それから宿を出て、二人で彼の服を買いに行くことになった。

『どんな服を着れば良いのか全くわからない。シルヴィが決めてくれ』とアルヴィンが早々に戦線離脱し、シルヴィに押し付けたからである。まあ、もともと期待もしていないのだが。

町を歩きながら、服飾店を探す。やはり聖騎士の格好をしたアルヴィンは酷く目立ち、道行く人々からの視線を一身に集めてしまう。

ついでに隣を歩くシルヴィもまた、その美しさから人の目を引いてしまう。

つまりは、二人は、この町において非常に目立っていた。

「ほら、おわかりですか？　道を歩くだけでこれだけ目立ってしまうんですから、もし相手に警戒されている場合、すぐに逃げられてしまいますよね」

「……すまない。私が考えなしだったな」

その育ちや職業から、他人に注目されることに慣れているアルヴィンにはあまり気にならず、これまでそのことに気付けなかったらしい。

シルヴィに指摘され周囲を気にしてみれば、確かにこんな風に常に人に注目されることは異常なことなのだと、アルヴィンにもようやく理解できたようだ。

無難そうな服飾店を見つけ入店すると、シルヴィはアルヴィンの衣装を見繕う。

残念ながら本人の当初からの申告通り、目を泳がせているだけのアルヴィンは全くの戦力外だった。やはり服は着られればなんでも良いという性質《タイプ》らしい。

目立たず、かといって周囲に侮られない様に、そこそこ上質で、趣味の良いものをとシルヴィは真剣に選ぶ。

「ど、どうだろうか……？」

そしてシルヴィが吟味した衣装に着替え試着室を出たアルヴィンは、目の前でくるりと一回転してから不安げに聞いてきた。シルヴィはにこやかに微笑んで答えた。

「お似合いですよ。なんかこう、目に優しい感じがします」

どこからどう見ても、どこにでもいそうな一般人に見える。

話しかける相手を警戒させないように、そこそこ裕福そうに見えるのも計算通りだ。お育ちの良いお人好しそうなお坊ちゃんといった風情である。

ただし、一気に地味さが増した。やはり聖騎士のきらきらしい隊服に、随分と助けられていたらしい。

「……おいシルヴィ。言っておくが、それはちっとも褒め言葉ではないぞ」

確かに褒め言葉ではなかったのかもしれないが、実際隊服を着ている時よりも違和感がなく、彼の穏やかな雰囲気によく似合っている。

もともと顔はそれなりに整っているし、素材は悪くないのだ。多少纏《まと》う色彩が地味で、美的感覚がなく、ずぼらなだけで。

そしてシルヴィ自身、彼に対する身分の差故の気遅れのような感覚が少なくなくなり、さらに彼の隣の居心地がよくなった気がした。

「素敵ですよ！　アルヴィン様！」

「くっ……！　褒められているはずなのに、何故《なぜ》か全く心に響かない……！」

「清潔感があって、かつ目立たない感じがとても良いと思います。極秘任務に最適ですよ！」

「確かにな！」

物は言いようである。シルヴィはにっこり笑って押し切った。

「ほら、もしキラキラした成分が必要になったら、隣には僕がいますし」

「お前みたいな奴がいるから余計に私が霞《かす》むんだろうが……！　っておい、今心底面倒臭そうな顔をしたな！」

「嫌だなあ。そんなことありませんよ、ご主人様ったら」

シルヴィも帽子を一つ選び、できるだけ顔が隠れる様に深く被る。

そして店主に服の代金を支払い、聖騎士の隊服を鞄《かばん》に仕舞い込んでから店を出る。

新たな格好で二人町を歩けば、これまで常にあった他人からの視線が一切なくなり、誰も彼らを気にしなくなった。

アルヴィンとしてはそちらの方が違和感がある様で、なにやら落ち着きなくそわそわと周囲を見渡している。

また人通りの多い道に出れば、体の大きなアルヴィンはうまく避けられず、鈍臭くよく人にぶつかることになった。

肩が思い切りぶつかった一人の中年男性に忌々しげに舌打ちをされれば、見知らぬ他人にそんなことをされたのは初めてだと、これまた驚いている。

「ふむ、なるほど。これまで周囲の人間が私を避けて歩いてくれていたのだな……」

そんなことをしみじみと言われたときは、本当にこの人、この世間知らずさでよく今まで無事に旅を続けて来られたなあと、シルヴィは逆に感心してしまった。

ここ神聖エヴァン王国の民は非常に信心深い。よって神に仕える聖騎士様を愚弄することなど考えもしないのかもしれない。

確かにあの隊服は目立ちこそすれ、正しく彼を守っていたのだ。

そんな彼は、聖騎士である自分を誇りに思って隊服を身に纏っていたというよりは、ただの無頓着なのだが。

「アルヴィン様。そろそろ夕食にしましょうか？」

五年前くらいにこの町に移住してきた金髪碧眼《へきがん》の少女がいないか聞いて回り、街の隅々まで歩き回って、道行く人の中に似たような特徴の女性がいないか捜したりと、捜索活動をしているうちに、気がつけば陽が傾き始めていた。

シルヴィの言葉にアルヴィンは肯《うなず》く。そして二人で近くにあった適当な飲食店に入った。

店内は酒に酔った客たちがガヤガヤと騒がしく、活気にあふれていた。

聖騎士姿の時にこういった店に入ると、店内が一気に静まり返り、慌てた様子で店主が飛び出してきて丁重な接客してくれることが普通だった。

だが、今回は店に入っても席へ案内すらしてもらえず、店員はアルヴィンを一瞥《いちべつ》するだけで何もしてくれない。

高級店ではなく、聖騎士でもなければこれがごく普通の対応なのだが、アルヴィンには初めての体験のようだ。

どうしたらいいのかわからない様子の彼の手を引いて、シルヴィは適当に空いている席に座った。

そして壁に書かれたメニューから適当な品を選ぶと、周囲の喧騒《けんそう》に負けない様に声を張り上げて注文する。

「鶏肉《とりにく》のローストとひよこ豆のスープとパンと麦酒《ビール》をください！」

「あいよー！」

するとそれを聞きとってくれた給仕の男が、シルヴィと同じくらいの大きな声で返事をしてくれた。注文が無事に通ったとシルヴィは一息ついた。

「……本当に、ここまで待遇が違うものなんだな」

愕然《がくぜん》とした様子で言うアルヴィンに、シルヴィは労わる様に笑いかけた。

きっとこれまで、その身分の高さや職業から、一般市民からこんなぞんざいな扱いを受けたことがなかったのだろう。

衝撃《ショック》を受けてしまったかと心配したが、アルヴィン自身は大して堪《こた》えていないらしく、むしろ面白そうにあたりをきょろきょろと見渡している。

そして、しばらくして運ばれてきた料理を食べながら、興味深げに周囲の酔客の喧騒を聞いていた。

「楽しいですか？」

硬い黒パンをスープに浸して柔らかくしながら、シルヴィは楽しそうにしているアルヴィンに聞く。

「ああ、こんな風に喧騒の中で食事をするのは初めてだからな。民の生活の様子や、彼らが何を考えているのかを知れる良い機会かと思ってな」

「アルヴィン様は本当に生真面目ですねぇ」

「シルヴィ、それは褒めているのか？」

「もちろんめちゃくちゃ褒めてます」

「お前は褒めているのか貶《けな》しているのか、いちいち分かり辛い」

少々むすっとしながらもアルヴィンは、せっせと目の前の鶏肉を器用に切り分け、シルヴィの皿に放り込んでくれる。今日もとても親切な、シルヴィの敬愛するご主人様である。

「――――ここだけの話、今、聖都の神殿に、聖女様がいらっしゃらないらしい」

そのまま二人で楽しく食事をしていると、喧騒の中に、おそらくは小声で言っているつもりなのだろうが、酔っぱらっているせいで周囲に丸聞こえの不穏な会話が聞こえた。

その瞬間アルヴィンの体が強張《こわば》り、大きく震えた。

一体何事だろうと、シルヴィも思わず彼らの会話に聞き耳を立てる。

「はあ？　じゃあ聖女様はどうなさったんだよ」

「俺も細かいことはわからねえんだが、実は聖都にある神殿はずっと空っぽだったらしいんだよ」

「……おい。それって不味《まず》くないか？　本当の話なのか？」

「神殿も国王陛下も否定してるって話だけどな。確かにこのところなんだかおかしいんだよな、うちの国……。大雨が降ったり日照りが続いたりさぁ。噂《うわさ》通りなら、聖女様がいなくなって、神様が怒っておられるのかもなあ……」

堪えきれなくなったのか、アルヴィンは深刻な顔をして立ち上がった。そして話をしている男たちに近づき、低く響く声で彼らに問いただす。

「……お前たち。その話をどこで聞いた？」

「はあ？　いきなりなんだよ、あんた」

「いいから私の質問に答えろ。その話を一体どこで聞いた？」

　普段どんなにお人好しそうな顔をしていても、やはり他人に命令し慣れている支配者階級の人間ということなのだろう。アルヴィンの静かな迫力に、男はたじろぐ。

「聖都から来た行商人が言ってたんだよ！　聖女様がいないって、聖都じゃちょっとした騒ぎになってるって！」

「なんだと……」

　男のその言葉に、アルヴィンは絶句する。

（――聖女が、いない？）

　シルヴィは男たちの言葉を、心の中で復唱する。

　この国の言い伝えによれば、神は聖女を通して、この国を守護しているという。

　正直シルヴィ自身は神という存在に対し非常に懐疑的だが、もし彼らの話が本当ならば、確かに大変な事件である。神と国を繋《つな》ぐ聖女が失われてしまったら、この国はどうなるのか。

「……その行商人はどこに？」

「数日前に聖都に帰っちまったよ！　それ以上のことはしらねえ」

「……そうか。邪魔をして悪かったな」

　そしてアルヴィンは暗い顔でシルヴィのいる席へと戻ってきた。力なく椅子に腰掛け、悩ましげに額を手で抑える。それまでの明るい雰囲気が嘘のようだ。

(この人、明らかに隠密《おんみつ》行動向きじゃないよね)

シルヴィはアルヴィンのわかりやすさに肩を竦めてしまう。

聖女の有無はともかく、聖都で何か大きなことが起きていることは間違いないのだろう。

本来聖都で神と聖女と王を守るべき聖騎士を、地方へ出すことも厭《いと》わない様なことが。

(それにしても聖女って……。まさかね)

ふと恐ろしい仮説が頭に湧いて、シルヴィは思考を散らすように頭を降る。

それはない。流石にない。絶対にない。

「アルヴィン様。このスープ美味しいですよ。冷めないうちに食べて下さい」

「……あ、ああ」

シルヴィの声に我に返ったのか、アルヴィンがバツの悪い顔をして、スープを口に含む。

ちらりとこちらを気まずそうに見てくる彼に、シルヴィは安心させる様に笑った。

「大丈夫ですよ。僕は何も聞いていませんし、聞くつもりもありません」

そう、何も聞いてはいない。全て自分の人生には関わりのないことだ。そうでなくては困る。

(だって、アルヴィン様が探しているのが、もしその失われた聖女だというのなら、つまりは、彼に絶賛捜索されている、私が聖女ってことで)

あまりにもあり得ない。シルヴィは自分で考えた内容のあまりの馬鹿馬鹿しさに、思わず乾いた笑いを漏らしてしまった。

しかも話に聞くに聖女になることができるのは、王家の血を継ぐ女性のみだという。すなわちシルヴィが聖女であるのなら、この国の王女でもあるということだ。

ますますもってあり得ない。むしろそんなことを一瞬でも考えてしまった自分のおこがましさに笑う。妄想も大概にするべきだ。

（確かに自分の素性《すじよう》を知りたいとは言ったけど、流石にここまで盛りに盛った素性は必要ないな……）

「シルヴィ。さっきからニヤニヤとして、随分と楽しそうだな。どうした？」

「アルヴィン様と一緒にいるのは、いつだって楽しいですよ？」

「なっ……」

アルヴィンが顔を赤くして、目を白黒させた。元気になったようで、何よりである。

「そんなに驚かなくたっていいじゃないですか」

「面白味《おもしろみ》のない奴だと言われることの方が多くてな。……一緒にいて楽しいだなんて、初めて言われた」

成人男性がそんなことで、もじもじしながら照れている。

だがシルヴィは、またしてもそんな彼を可愛いと思ってしまった。

その赤らんだ顔が可愛い。素直なその心持ちが可愛い。つまりは何もかもが可愛い。

「アルヴィン様ってお可愛らしいですよね」

うっかり心の声が、そのまま口からこぼれてしまった。するとアルヴィンはまた驚いたような顔をして、それから拗ねた様な表情を浮かべた。

「可愛いと言われて喜ぶ男はいないと思うぞ」

「僕は嬉しいですけれど」

「お前は本当に可愛いからな。アルヴィン様も本当に可愛いですよ？」

「ありがとうございます。アルヴィン様も本当に可愛いですよ？」

「だから私は嬉しくないからな！」

こんな風に軽口を叩《たた》き合《あ》うことが、じゃれ合うことが、笑い合うことが、楽しい。

アルヴィンの側は本当に居心地が良くて、シルヴィはすっかりその場所が気に入ってしまっていた。

第二章 聖女を探せ

その日、アルヴィンは数人の同僚とともに宰相閣下に呼び出された。

アルヴィンの所属する聖騎士第一隊は、この国の良家の子息のみで構成されている部隊だ。よって、近衛部隊として王族近くに仕え、もちろん王からの信頼も厚く、機密性の高い任務は、基本この第一隊と王直属の諜報《ちょうほう》部隊で行われている。

今回呼び出されたのは、その聖騎士第一隊の中でも特に上級貴族の出身者、しかも王家への忠誠心が強いとされる面々だった。

並んだ顔ぶれに、アルヴィンは息を呑む。おそらく他の者たちも同様だろう。

これは、重大な何かがあったに違いないと、一同は気を引き締めて宰相閣下の言葉を待った。

目の前に立つ宰相は、にがり切った表情を浮かべ、アルヴィンたち一人一人の顔をじっくりと見つめた後、豊かな口髭《くちひげ》を落ち着かない様子で撫《な》でながら、ようやくその重い口を開いた。

「これから私が話すことは、この部屋を出た後一切口外することは許さん。秘密を漏らしたものは、その命をもって償ってもらうことになる」

思った以上に厳しい言葉に、聖騎士たちの背筋がさらに伸びる。これまで感じたことのない緊張が、その場を支配していた。

「お前たちには、聖女様を探し出して欲しい」

そして続いた宰相の言葉に、皆が首を傾げた。

神聖エヴァン王国では、代々王家に生まれた女児が一人、聖女として神殿に入ることになっている。

この国を守護する神が寂しい思いをしないよう、そして神がこの国に留まり続けてくれるよう、初代国王たるアデレイド女王が、神とそのような契約を結んだのだと言われている。

一度聖女となれば、その王女は神の花嫁として生涯婚姻することなく、神殿にてその命が尽きるまで、神を慰め共に過ごすこととなる。

現聖女は現王の王妹殿下であるはずだ。三十年以上にわたり神を慰め続けた、高貴なる聖女。

そんな聖騎士たちの疑問に宰相は答える。

「陛下の妹君である聖女様は亡くなられた。……もう、十八年以上も前のことだ」

アルヴィンをはじめとする聖騎士たちは息を呑み、絶句する。誰一人、そんなことは聞かされていなかったのだ。

「そして、前聖女様亡き後、新たな聖女となりうる王女は生まれていない」

――――それはつまり、今、この国には。

「……聖女様がいらっしゃらないということですか」

震える声で、誰かが問うた。これは確かにとんでもない事態だ。この国の根底を揺るがしかねない。

「ああ。十八年前に先代の聖女様が亡くなられて以後、新たな聖女様は生まれず神殿にいない。国民たちをいたずらに不安にさせぬため、我々はその事実を隠蔽《いんぺい》してきたのだ」

そんな、という声が漏れる。聖騎士として強靭な精神を持ち合わせているはずの者たちが、愕然とし、力なく床に膝をつく。

だがその一方で、やはり、という声も上がった。

聖女が失われてからの十八年間。それまで一切起こらなかった苦難が、幾度もこの国を襲ったのだ。

国民全員が神の守護を全く疑っていなかったため、この国では災害への対策などがほとんど行われていなかった。

そのため、その被害は甚大なものとなった。

もっとも民を苦しめたのは、十八年前の天候不順と五年前の長雨《ながあめ》だ。

十八年前、突如豪雨が降ったり日照りが続いたり嵐に襲われたりと天候不順が続き、民を怯えさせた。その時は、数ヶ月程度で収まり、それほどの被害は出なかったのだが、五年前の長雨では甚大な被害が出た。

年間を通して延々と雨が降り続け、日照不足でほとんど作物が育たなかったのだ。

そして、川が増水し、山は崩れ、多くの民が家を失った。

そのためこの国は、建国後初めて周辺諸外国に頭を下げて食糧を輸入せざるを得なかった。

これまでずっと野蛮であると、神に愛されない哀れな者たちであると、見下していた他国に頼らざるを得なかったのだ。

それは、神に愛されし民として山のように高かった国民たちの自尊心に、深く傷を付ける出来事だった。

そして、国民の間で、まことしやかにささやかれる様になったのだ。

『――神の加護は、この国から失われたのではないか』と。

その声は徐々に大きくなり、とうとう国民から、王家を疑う声も上がった。

『神がこの国を守らなくなったのは、王家が神を冒瀆《ぼうとく》したからではないか』と。

その声は、正しかった。捧げるべき聖女を、王家は神に差し出せなかったのだ。

「王家には子供が、その中でもとりわけ女児が生まれづらくなっていた。先代の時も、王女は前聖女のみであった」

そして十八年前に、その聖女もまた突如として命を落とし、それ以後王家の直系に女児は生まれていない。

神と交信するために、できる限り血を濃く残さんと近親婚を繰り返した、その弊害であった。

聖女は、その身に聖女たる証を持って生まれる。王は王家の血をわずかでも引く女性を全て確認した。だが誰一人としてその身に聖女たる証は持っておらず、また、神の声を聞ける者もいなかった。

「現在、聖女が神殿から失われていることは、決して民に気付かれてはならぬ」

とんでもないことを知ってしまった。その場にいる聖騎士たちに震えが走る。

もしこの国から聖女が、そして神が失われたことが知られてしまえば、他国が嬉々《きき》として攻め込んでくることだろう。

長年平和と豊かさを享受してきた、神聖エヴァン王国に対する他国の妬み、恨みは深い。

そして、民の混乱は想像するだに恐ろしい。国中が恐慌状態に陥ることは、間違いない。

「……恐れながら、閣下は先ほど聖女様を探せとおっしゃられました。それはつまり、聖女様は神殿にいらっしゃらないだけで、この国に存在はしている、ということでしょうか」

アルヴィンは勇気を出して宰相に問うた。すると彼は鷹揚《おうよう》に肯く。

「神が我らを見捨てていなければ、本来ならば前聖女亡き後、神との契約により、王家にすぐに聖女の証を持った王女が生まれてくるはずだった。だが、生まれるのは王子ばかりで、王家に近い血筋にも聖女の証を持った女児が誕生した様子はない。そこで陛下と私は、すでに聖女はどこかで生まれ、隠されているのではないかと考えたのだ」

王と宰相は王家の血を継ぐ者たちの近辺を徹底的に洗い出した。そして見つけたのがモニカ・アシュリー男爵令嬢だった。

アシュリー男爵家は医官をよく輩出する家で、モニカはその医療知識を買われて、病弱な王弟イェルク付きの女官の一人として仕えていた。

だが十八年前。神殿から聖女が喪《うしな》われたその数ヶ月後に、彼女は突如として王宮からその姿を消した。

その後、モニカはアシュリー男爵家に戻った形跡もなく、男爵家からは娘の捜索を願う陳情書が届いていた。

さらに調べを進めてみれば、他の女官たちの証言によりモニカとイェルクが恋仲であったことが判明し、そしてその内容をもとに、王が弟であるイェルクを問い詰めてみれば、彼は驚くほどあっさりと、その事実を認めたのだ。

『私の子を孕んだモニカを、この王宮から逃しました』と。

「生まれた時より病弱でまともに寝台を離れられぬイェルク殿下に子など為《な》せぬと思い込んでいたが、驚いたことに看護を任せていた女官をしっかりと孕ませていたらしい」

腹立たしげに宰相は吐き捨てる。それだけで、彼がどれほどイェルクを見くびり、軽んじていたかがわかる。アルヴィンは思わず眉をしかめてしまった。

病弱で寝台からほとんど離れることのできないイェルクに対し、監視の目は緩かった。

その盲点を突いて、王家に生まれてくるはずだった聖女は、王宮から奪われたのだ。

どうしてそんなことをしたのかと厳しく問い詰める王に、イェルクは誇らしげに微笑み、そして言った。

『私の大切な娘を、神なんぞにくれてやりたくなかったので』

その言葉に、王は怒り狂った。この国を滅ぼす気かと。

「つまり陛下と閣下は、その時のモニカ・アシュリー男爵令嬢の腹の子が、間違いなく当代の聖女様であると考えておられるのですね？」

「ああ、おそらくは。……だがイェルク殿下にも、現在のモニカ嬢と聖女様の居場所は分からぬようだ」

それを聞いた聖騎士たちは色めきたった。つまり、この国の聖女は完全に失われたわけではないのだ。聖女と見つけ、本来のあるべき場所へ戻せば、まだこの国は救われるのだと。

そして、もし聖女を見つけ出すことができれば、自身の立身出世もまた約束される。

選ばれた聖騎士たちは、意気揚々と聖女を探し出す旅に出た。

もちろんアルヴィンもまた、旅の準備をしながら地図を広げ、その捜索計画を練り始めた。

機密性の高い任務であるがゆえに、人を使うことはできない。自らの足で探すこととなる。

神聖エヴァン王国の国土は他国に比べそれほど大きくはないが、それでもこの限られた時間の中で、アルヴィン一人で隅々まで回れるほど小さくはない。

ある程度捜索する地域を絞り、探した方が効率は良いだろう。

一度イェルク殿下から何かしらの情報を得られないかと、王と宰相による尋問に同行したが、彼はこの国の体制を批判する言葉を吐くばかりで、有益な情報は得られなかった。

（家を出てしまったら、戸籍のない状態になる。イェルク殿下に振り分けられていた王室費の少なさを考えると、金銭もそれほど持っていたわけではないだろう。身重の体で、一体どこへ行ったのか）

国外に出られてしまったとしたら、捜索はさらに難しくなる。

「なあ、ちょっと良いか？」

アルヴィンは、ちょうどその時彼の部屋の暖炉の様子を確認しにきたフォールクランツ家に仕える下女の一人に声をかけた。

「はい、なんでございましょう。坊ちゃま」

この歳でいい加減坊ちゃま呼びはやめてくれとげんなりしつつ、アルヴィンは聞いてみる。

「もしこの国で、戸籍なく生きていかねばならないとするのなら、お前はどこを選ぶ？」

貴族の屋敷に仕える使用人としては珍しく、彼女は元難民だ。荒れた国元を着の身着のまま赤ん坊を抱えて逃げてきたが、生活に行き詰まってしまい、国を同じくするアルヴィンの母を頼ってこの屋敷に訪れた。そしてそんな彼女を哀れんだ母が、下女として雇った者だった。

似たような状況にあった彼女なら、本来の戸籍をなくしたモニカ・アシュリー男爵令嬢が、その身を隠すであろう場所を推測できるかもしれないと思ったのだ。

「そうですねぇ。おそらくは難民街でしょうかね……。戸籍がないのなら、戸籍のないもの同士で協力し合って生きていくしかないですから」

「なるほど。難民街か……」

それは、他国からこの国に逃げ込んだ難民たちが勝手に作った街だ。

これまで何度もその周囲の治安の悪化を恐れる国民からの要望によって、国軍が強制的に退去させ、破壊を繰り返していたが、彼らはその度に一度散り散りになって逃げ、またほとぼりが冷めた頃に集まり、勝手に街を作ってしまう。

そんなことを繰り返した結果、音を上げた国によって、今ではある程度の金銭の授受と引き換えに、その存在を黙認されている。

そこでは非合法なものが売られている闇市場や、難民による売春が蔓延《はびこ》っており、暗い心象《イメージ》しか持てない。

「この国では、戸籍を持たないものはまともな職を得られませんから。もしその方が女性であるのなら、おそらく身を売って生きていくしかないでしょう」

下女は痛まし気に顔を歪めた。自分もまたその立場になりかねなかったという現実を、思い出したからか。

神は、姦淫《かんいん》を罪とする。けれど、そうしなければ生きていけないという非情な現実を前にすれば、神など無力だ。

想像以上に過酷であったであろうモニカ・アシュリー男爵令嬢の行く末に、アルヴィンもまた痛ましげに目を伏せた。

国民たちは難民を、この国の富を吸い上げる害虫のようにしか思っていない。

一歩間違えれば、自分がそちら側に落ちるかもしれないなどと、考えもしないのだ。

聖女が失われてしまった今、それは一層現実味を帯びてきてしまった。

このまま聖女が見つからなければ、今後この国もまた他国と同じように災害が起き、同じように戦争に巻き込まれることになるだろう。

アルヴィンの母は元々この国の人間ではない。隣国の伯爵令嬢だった彼女を、一目《ひとめ》惚《ぼ》れをした父が必死になって掻《か》き口説《くど》き、手に入れたという。

だが、同じ家格の伯爵令嬢とはいえ、他国民と結婚することに対し、当時、大きな反対があったと聞く。そして、それにまつわる母の苦労もまた、アルヴィンは近くで見てきた。

アルヴィン自身、純血の自国民ではないことを理由に理不尽に貶《おとし》められることが少なくない。

だからこそ、アルヴィンは聖騎士になった。正しくこの国の神と王に仕える騎士に。

そうすることで、少しでも苦しい母の立場を良くしたかったのだ。

彼女は信心深く厳しい戒律をも徹底して守る、神と王の忠実なる騎士の母であると。

そんな母は、アルヴィンに色々なことを教えてくれた。

この国の民は知らない戦争の悲惨さや、数多《あまた》の人の命を奪う恐ろしい災害について。

だからこそ、考えれば考えるほど、アルヴィンは気が重くなる。

これまで神聖エヴァン王国は、神の守護があったからこそ、戦争に巻き込まれることがなかった。

他国がこの国に攻め込もうとすれば、必ず神による鉄槌《てっつい》が与えられたからだ。

ある時は、数多の雷が敵軍を襲い、ある時は嵐が敵軍を吹き飛ばし、またある時は敵軍だけに死に至る疫病が蔓延《まんえん》した。

よって、他国は恐れ慄《おのの》き、この千年、神聖エヴァン王国は平和を享受してきた。

しかし宰相閣下の言う通り、この国が神の加護を失ったと知れば、他国はこの国の富を狙って一気に攻め込んでくることだろう。

長く続いた平和のため、危機感を失ったこの国は軍事に多くの予算を割くことはせず、現状必要最低限の軍事力しか保持していない。さらには国軍には実戦経験がなく、その軍備もまた他国と比べれば、鼻で笑われてしまう程度のものだ、
そんなハリボテの軍隊が、有事の際、一体どれだけのことができるのか。

アルヴィンは思案し、そして深いため息を吐いた。

どう考えても、神の加護を失ってしまったこの国に、未来はない。あまりにも神に依存しすぎている。

――この国には、まだ聖女が必要だ。

これを機に、いずれはこの国のあり方を少しずつ変えていくにしても、このままでは国の存続自体が危うい。

「なるほどな。では、この国で最も大きな難民街はどこだ?」

かくしてアルヴィンは難民が多く集まるという、神がおわす聖都から遠く離れた国境近くの街へと向かった。

真面目な彼は宰相の命令通り、極秘任務であるからと使用人を帯同せず、一人で旅立った。

旅慣れない上に世間知らず故に、色々と困難が立ち塞がったが、着ているだけで他者を威圧する聖騎士の隊服と、国有数の剣の腕、なによりも実家の財力に助けられながら、なんとか目的の難民街へと辿《たど》り着《つ》いた。

その街は、これまでアルヴィンが訪れたことのあるどの街よりも陰鬱な雰囲気の、いかがわしい街であった。

陽がある時間から娼婦たちが道端で客引きをしており、違法な品が平然と売られている闇市が開かれ、町全体からこれまで嗅いだことのない、不思議な香の匂いが漂っている。

もちろん治安も悪く、アルヴィンは何度か人相の悪い男たちに絡まれてしまった。

話し合い、時には騎士として鍛えた体を行使してなんとか切り抜け、這々《ほうほう》の体《てい》で町の中心部の道を歩けば、案の定今度は客引きの娼婦たちに良きカモとして捕まった。

アルヴィンは幼少期から聖騎士隊の見習いとして男ばかりの中で生活していたため、家族や使用人以外の女性に対し耐性がなく、彼女たちを上手くあしらう術がわからない。

かといって、聖騎士として、男として、か弱い女性に乱暴な真似などするわけにもいかない。

そのため絡まってくる彼女たちを力づくで排除することもできず、困り果てていた、その時。

『ごめんね、姐さんたち。悪いんだけど彼、僕のお客なんだ』


――アルヴィンは、天使のような少年に出会った。


その少年は、アルヴィンの目の前に颯爽《さっそう》と現れ、あっという間に娼婦たちを説得し、あっさりと彼を助け出してくれた。

彼は非の打ちどころがないほどに美しかった。初めて彼の姿を見た時、思わずアルヴィンは魂が抜けた様に見惚れてしまった。

柔らかそうな金の髪、くすみひとつない真っ白な肌、薔薇色《ばらいろ》の頬、空をそのまま写し込んだ様な、生来の意志の強さを感じさせる、少し眦の上がった巴旦杏《アーモンド》型の瞳。

天使が自分を助けに天より降りてきてくれたのだ、と。思わずそんな非現実的なことを考えてしまうほどにその少年は美しかった。

貴族の子息が集まる聖騎士隊は美しい容姿を持つものが多く、美形はそれなりに見慣れているつもりだったが、世界は広いのだなぁ、などとしみじみアルヴィンは思った。

この街で育ったという少し皮肉屋のその天使は、容姿だけではなく、頭も良く機転が利き、その抜群な記憶力を利用して、情報屋をしているのだと言った。

そして、彼からモニカ・アシュリーの情報を贖《あがな》うことができた。

やはり下女の推測は正しく、かつてこの街でモニカ・アシュリーは暮らしていたという。

だが残念なことに、彼女はすでに亡くなっており、おそらく聖女であるはずの彼女の娘もまた行方不明となっていた。

モニカ・アシュリーが亡くなったのは五年前。

それは、この国を襲った長雨により甚大な被害がでた年のことだ。

伝承によれば、聖女の想《おも》いはそのまま神へと伝わり、天候すら動かすのだという。

つまりはあの国民を苦しめた長雨は、母を失った聖女の悲しみの涙であったのだと知れた。

――聖女一人のために、神はあまりにも容易くその権能を使う。

だからこそ聖女は、神殿の奥深くで守られ、ありとあらゆる悲しみや苦しみから遠ざけられて過ごすのだ。

(つまり聖女は、その在り方によってはとんでもない厄災にもなりかねないのだな)

アルヴィンの背中に冷たいものが走った。やはりできるだけ早く彼女を保護せねばならない。

だがその聖女はすでにこの街にはおらず、さらに誰一人として聖女の名も顔も知らなかった。

母であるモニカ・アシュリーによって、巧妙に隠されていたのだ。

おそらく、彼女は知っていたのだ。自分の娘が聖女であることを。

そして、母は娘が聖女となることを、望んでいない。

アルヴィンの中で、一つの疑問が生まれた。

(何故イェルク殿下といいモニカ嬢といい、そうまでして娘を聖女にさせまいとしたのだろう)


——聖女とは、はたして一体何なのか。


ここでアルヴィンの聖女探しの旅は、またしても暗礁に乗り上げてしまったのだが。

『僕なら彼女の顔を見ればすぐにわかると思うよ』

そんな彼に天の声があった。ちなみにその声の持ち主は、やはり件《くだん》の天使だった。

だから自分を雇えと、彼は言った。

母の出自もあり、生まれ育ったフォールクランツ家の屋敷には難民出身の使用人が多くおり、この国の貴族としては驚くほど偏見のなかったアルヴィンは、その提案を受け入れて、すぐに彼を雇うことに決めた。

こうしてアルヴィンは、旅の道連れに天使を手に入れた。

シルヴァスという名前を教えてくれたその天使の顔は、全てがアルヴィンの理想だった。

笑った顔も困った顔も得意げな顔も、アルヴィンをからかう時の悪戯《いたずら》っぽい顔も、生き生きとしていて何もかもが可愛い。

ちなみに泣いた顔は残念ながらまだ見る機会がないので、いつか是非見てみたい。

そして、主従関係となり共に過ごしてみれば、シルヴィの中身は天使などではなく、どちらかといえば小悪魔だった。

いつだってアルヴィンを揶揄い、笑わせ、困らせ、振り回す。

だが、それがまた不思議と癖になる。

気がつけば、アルヴィンにとってシルヴィは、なくてはならない存在になっていた。

もし彼が女性であったのなら、アルヴィンは歳の差も身分の差もすっ飛ばして、すぐにでも跪《ひざまず》き求婚していたかもしれない。

なんせアルヴィンの生まれたフォールクランツ伯爵家の男は、その被害者である母曰く、見た目は地味だが無駄に愛情が重いそうなので。

それくらいに、アルヴィンはシルヴィに執着を持ち始めていた。

◇◇◇◇

「……アルヴィン様」

甘く、自分を呼ぶ声。少年にしては高くて細い、けれども耳障りではない、柔らかな声。

（なんだ⁉　なんでこんなことになっているんだ……？）

気が付いたらシルヴィが、アルヴィンの体に乗り上げ、跨《また》がっていた。

「シ、シルヴィ……！」

混乱と動揺のあまり、思わずアルヴィンの喉から上擦った声が出た。制止をするはずが、何かを乞う様な響きを持ってしまい、アルヴィンはさらに慌てた。

するとシルヴィは、着ているシャツのボタンを、見せ付ける様にゆっくりと一つ一つ外し始めた。

徐々にあらわになる白い肌が、目に眩しい。背徳感のせいか、心臓が激しく脈打っている。

おかしい。体が動かない。自分よりもはるかに小さなシルヴィを退《ど》かすことが、できない。

「や、やめろ……シルヴィ！」

「へえ？　やめちゃって良いんですか？　アルヴィン様のここ、もうこんなになってるのに？」

いつもの様に意地悪な口調でささやき、男とは思えぬシルヴィの白くて細い手が、アルヴィンの股間を優しく摩《す》る。アルヴィンの腰がずくんと痺《しび》れる。

ああ、だめだ。こんなことを、してはいけないのに。――それなのに。

「ねえ、アルヴィン様。本当は僕と、こういうことがしたかったんでしょう？」

体に力が入らない。抗《あらが》うことが、できない。

「ほら、素直になってくださいよ。体はこんなに素直なのにねえ？」

その時、とうとう全てのボタンが外され、はらりとシルヴィのシャツがその肌を滑り落ちる。

「…………っ‼」

するとそこには何故か、本来あるはずのない、柔らかそうな二つのふくらみがあって。

アルヴィンは目を見開き、それを凝視する。そんな彼を見て、シルヴィがくすくすと笑う。

そして悪戯っぽく、楽しそうに誘う。アルヴィンが大好きな笑顔で。

——ああ、やはり天使などではない。シルヴィはアルヴィンを、堕落させんとする悪魔だ。

「ほら、認めちゃいましょうね？　アルヴィン様。……僕が欲しいんでしょう？」

ああ、そうだ、認めてしまえばいい。自分はもう、ずっと前から——

その感情を認めた瞬間、すんなりと体が動いた。

とうとう堪えきれなくなったアルヴィンは、鍛えた腹筋で一気に身を起こす。

そして獲物に食らいつく様に、目の前にあるそのみずみずしい唇をむさぼろうとした。——

その時。

「アルヴィン様ー！　アルヴィン様ったら！」

この幸福な世界から、彼を引《ひ》き摺《ず》り出《だ》そうとする間延びした呑気《のんき》な声がした。

（ああ、やめてくれ。今、ちょうどいいところなんだ……！）

現実ではあり得ない、アルヴィンの妄想力を遺憾なく発揮した幸せな夢。だからどうか、もう少しだけでいい、この夢の続きを見せてほしい。

――ああせめて、その薔薇色の唇に触れるまで。

だが、無情にもその声の持ち主は、そんなアルヴィンのささやかな願いなど叶《かな》えてはくれず。

「アルヴィン様ー？　大丈夫ですか？」

ゆさゆさと大きく体を揺らされて、見ている夢がぶつりぶつりと途切れてしまう。とうとうアルヴィンは観念し、その目蓋を開けざるを得なかった。

あたりは薄暗く、まだ陽が昇っていないことがわかる。

やがて目が慣れてから周囲を見渡せば、そこには先ほど夢の中で共にみだらな時間を過ごしたシルヴィがいた。アルヴィンは思わず動揺し飛び上がり、後退る。

焚《た》き火《び》に照らされたシルヴィは、心配そうな顔でアルヴィンを覗《のぞ》き込《こ》んでいた。

その顔は、やはり死ぬほど好みで。アルヴィンの心臓がバクバクと大きな音を立てる。

「アルヴィン様……？」

だから今すぐその切なげな声と、悩ましげな上目遣いをやめて欲しい。

いや、本人は特に意識してやっているわけではないのだろうが、罪深いことこの上ない。

先ほど見た夢をしっかりと思い出してしまい、アルヴィンはさらに動揺した。

――――白い肌、甘い声、その温もり。

アルヴィンの持つ童貞の想像力は、どこまでも研ぎ澄まされていた。

「本当に大丈夫ですか？　随分とうなされているご様子でしたので」

どうやらシルヴィはうなされる自分を心配して起こしてくれたらしい。果たしてそれは感謝すべきなのか。それとも恨むべきなのか。そして変な寝言を口走ってはいなかったか。

動揺するアルヴィンを不思議そうに見つめる彼の態度から推測するには、大丈夫そうだが。

アルヴィンがシルヴィと聖女を探す旅に出て早三ヶ月が経《た》った。残念ながらいまだに聖女は見つかっておらず、わずかな手がかりすらも見つかってはいない。

はたして、同じ任務についている他の聖騎士たちは聖女を見つけることができたのだろうか。

最新の情報を得るため、そして手持ちの資金が心許《こころもと》なくなったこともあって、アルヴィンは一度、シルヴィを連れて聖都アークライトへ戻ることにしたのだ。

どこの街に行っても、聖女が失われたという噂はすでに流れていた。一体どこからその機密情報が漏れたのかも、確かめねばならない。

それにちょうど聖都ではこの国の建国を祝う祭が開かれる時期だ。およそ千年前、初代国王であるアデレイド女王が建国を宣言した日であり、国を上げて祝うことになっている。

特に聖都では盛大に祝祭が行われる。アルヴィンはそれをシルヴィに見せてやりたいとも思っていた。

シルヴィはアルヴィンのことを世間知らずだと言うが、シルヴィもまた、ずっと狭い街で暮らしていたこともあって、街の外のことをあまり知らない。

そのためアルヴィンとともに旅に出てから、見るもの聞くもの全てが新鮮なようで、大袈裟に思えるほどに、いちいち感激してくれる。

アルヴィンは、その好奇心でキラキラとした空色の瞳を覗き込むことが好きだった。

そしてシルヴィの記憶力は素晴らしく、目の前にあるもの、聞いたこと、その全てを瞬く間に覚えてしまう。

だからこそアルヴィンは、シルヴィに色々なものを見せたくて仕方がない。

自慢気に色々と蘊蓄《うんちく》を語ってみれば、尊敬の眼差しをくれるのも最高である。

神聖エヴァン王国の都。神が住まうといわれる聖都アークライトは、アルヴィンが最も長く暮らした場所だ。シルヴィに見せたいものも、聞かせたいことも、たくさんあった。

だが、そんな急《せ》いた気持ちで向かったその道すがら、うっかり時間配分を誤り、陽が沈む前に目的地である聖都へたどり着くことができず、街道側で野宿することになった。

そしてシルヴィと交代で火の番をしながら眠ることとなって。

仮眠を取ったところで、あの卑猥《ひわい》な夢を見てしまったのだ。

よりにもよって、こんなにもシルヴィの側で。——いや、むしろ側だったからか。

「だ、大丈夫だ。少し夢見が悪かっただけだ」

かつてお互い清い体でいようなどと迫った分際で、夢の中とはいえシルヴィを汚そうとしてしまった罪悪感で、その顔をまっすぐ見ることができない。

いつもにも増して挙動不審な主人《アルヴィン》に、シルヴィは首を傾げる。

「そうですか。なんだか苦しそうに僕の名前を口にされていたので」

やはり何やら口走っていたらしい。アルヴィンは青くなる。

「……お、お前が迷子になって必死に探す夢を見ていたんだ」

「迷子になるのはどちらかというと僕じゃなくて、アルヴィン様のような気がしますけどね」

いつも通りの言葉の応酬に、自分たちの立ち位置を再確認したアルヴィンは安堵し、そして少し落胆する。自分たちの間は、何も変わらないのだ。きっと、ずっと。

「お前はもう少し主人たる私を敬うべきだな」

「嫌だなあ。僕はあなたを心の底から敬愛しておりますよ。アルヴィン様」

「全く信じられんな」

アルヴィンの拗ねた声に、またシルヴィはころころと鈴の音の様な声を上げて笑う。それに釣られてアルヴィンも笑ってしまう。

こうしたシルヴィとの気負いのない関係は、とても居心地が良くて。アルヴィンにとって決して失いたくないものだった。

絶対に自分の穢らわしい欲望などで、失うわけにいかない。

「シルヴィ、火の番を代わろう」

「いえ、まだ大丈夫ですよ。アルヴィン様はもう少し寝ていてください」

「いや、私はもう眠れそうにないからな。お前はまだ成長期なのだから、しっかり睡眠をとるべきだ」

そして、強引に場所を変わり、アルヴィンはそれまで使っていた毛布でシルヴィを包み込み、寝かしつける。

シルヴィはしばらく毛布の中で困った様な顔をしていたが、やはり我慢をして起きていたのだろう。すぐにうつらうつらとし始めた。

そして、幸せそうにうっとりと目を細め、毛布に顔を擦り付けると。

「アルヴィン様の匂いがする……」

などと宣《のたま》って眠ってしまった。その様子をしっかり見て聞いてしまったアルヴィンは、前屈《まえかが》みになるしかなかった。

(人がせっかく頭と下半身を冷やそうとしているのに……!)

やはり今日も今日とてシルヴィは、天使の顔をした小悪魔である。

アルヴィンを悩ませ、苦しめ、そして幸せにする、罪深い存在である。

アルヴィンは肺の中の空気を全て吐き出す様に、深いため息を吐いた。

(ああ、そうか。私は――――)

健康そうな寝息を立てて眠るシルヴィを見つめながら、アルヴィンは思う。

これはもう認めざるを得ない。自分は、この小悪魔に堕とされてしまったのだ、と。

元々素直な気質のアルヴィンは、自分の中のその想いを、早々に受け入れてしまっていた。

翌朝、予定通り聖都に向けてまた出発する。

いつもの様に二人で馬に相乗りするが、アルヴィンは昨夜見た夢のせいで、これまで特に気にしていなかった、自分の背中に張り付くシルヴィが、気になって仕方がなかった。

もちろん、彼の胸部に二つの膨らみなどあるはずがないのだが、男にしては妙に柔らかい気がするし、甘い匂いがする。何より伝わるその温もりが気になって、体がぞわぞわとする。

(苦行……!)

そんな風にアルヴィンが全身に妙な汗をかきながら、背中に神経を集中させているうちに、二人は無事、聖都アークライトへとたどり着いた。

街を守る門兵に旅券を見せ、馬を預け、自分の屋敷まで届けるよう申し付ける。

「…………っ」

そして街門をくぐり目の前に広がった光景に、シルヴィは言葉を失う。限界までその綺麗な巴旦杏《アーモンド》型の目を見開き、見惚れている。

そんな彼が可愛くて、アルヴィンは思わず頬が緩んでしまう。

「そんなに驚くことか？」

「驚きますよ！　すごい！　すごい！　これが聖都アークライト……！」

ちょうど街は建国の祝祭に湧いていた。そこら中に花が飾られ、楽しげな音楽が流れてくる。

そして町の中心部を貫く巨大な道には多くの出店が立ち並び、数えきれないほどの人々が、楽しそうに出歩いていた。

なによりも目につくのは女性たちだ。皆、髪に各々好きな花を飾り、色鮮やかで華やかな衣装を身に纏っている。

「この時期だけの衣装だ。この祝祭のために、女たちは一年かけて用意するんだ」

この日のために一年かけ、自分で図案を考え、心を込めて刺繍をする。

もちろん刺繍が苦手だったり、忙しく時間が足りなかったりして自分では用意ができなかった女性のために、市販されているものもあるが。

「綺麗ですねえ……！」

シルヴィは目を細め、うっとりと道ゆく着飾った女性たちを見つめる。

男装は男装で楽でいいし、美少年である自分も嫌いではないが、やはり綺麗な衣装を身に纏い楽し気に歩く女性たちが、少し羨ましくもあって。

シルヴィが羨望の眼差して見つめていると、その様子を微笑《ほほえ》まし気《げ》に見ていたアルヴィンが懐から銀貨を数枚取り出し、シルヴィの手をとって、その中に落とした。

「アルヴィン様？」

「シルヴィ、お前一人で遊んできていいぞ。私はそこの店で茶を飲んで休んでいるから」

「え？　いいんですか？」

「ああ、楽しんでこい。この街は治安がいいしな」

それに主人である自分といると好きなように動けないだろうと、アルヴィンは笑って言った。

どうやらアルヴィンは多額のお小遣いをくれた上に、自由時間をもくれるらしい。

本当に、なんて心が広く太っ腹な素晴らしい主人なのか。しばらくの間彼をからかうのは、程々にしておこうとシルヴィは心に誓う。

「ありがとうございますアルヴィン様！　大好きです！」

「あ、……ああ」

そしてシルヴィは、その言葉に妙に動揺しているアルヴィンを喫茶店《カフェ》に置いて、意気揚々と出かけていった。

一方のアルヴィンは、ひとりになって少し頭を冷やすつもりが、余計頭に熱が上がってしまい、ふらふらと喫茶店の席に着くと、両手で顔を覆い、そのまま恋する乙女のように、テーブルに突っ伏してしまった。

聖都は見るもの全てが新鮮で、シルヴィはうっとりとあたりを見渡す。

こうしてただ目的なく歩いているだけでも、この聖都がどれほど豊かであるかわかる。

シルヴィはうろうろと歩きながら、その美しい光景を眺めつつ、色々な店を覗《のぞ》いてみたり、大道芸人の素晴らしい芸に手を叩《たた》いてみたりとその時間を楽しむ。

そのうちなにやら良い匂いがして、ふらふらと誘われるままその方向へ向かってみれば、大きな肉の塊を回転させながら焼いている出店があった。

その肉を巨大なナイフで薄く削《そ》ぎ落《お》とし、パンに包んで売っている。

「わあ！　美味しそう！　食べたいですね、アルヴィン様……！」

思わずシルヴィはいつもの様に振り返って、アルヴィンに話しかけてしまう。

もちろんそこに誰もおらず、今は一人なのだということを思い出し、羞恥で頬を赤らめる。

このところずっとアルヴィンと行動を共にしているせいで、彼がそばにいることが当たり前になっていたのだろう。彼がいないことが、やけに物足りなく感じる。

やっぱり一人ではなくて、いつもの様に二人で見て回りたかった。この感動を、分かち合いたかった。

アルヴィンは、シルヴィのことを思って一人の時間をくれたのだろうが、そんなものを必要としないほど、アルヴィンの側はシルヴィにとって居心地が良い場所になっていた。

（やっぱりアルヴィン様と一緒に見て回りたいって、お願いしてみようか）

多少の文句を言われるもしれないが、シルヴィがお願いすれば、アルヴィンは大概のことを聞いてくれる。本当に優しくて甘い、素晴らしい主人だから。

（うん、そうしよう）

シルヴィは踵《きびす》を返し、大好きな主人のいる喫茶店《カフェ》へと戻っていった。

そして喫茶店のテラス席に一人で紅茶を飲むアルヴィンを見つけ、嬉々として声をかけようとした、その時。

「やあ、アルヴィン。久しぶり。君が隊服じゃないなんて、随分と珍しいな」

突然彼は、妙に馴《な》れ馴《な》れしく近づいてきた見知らぬ男性に話しかけられた。

その言葉を聞いて、やはり彼の服装のことが気になっていたのは、自分だけではないのだな、などとシルヴィはしんみりと思う。

「ああ、お前か。久しぶりだな。マクシミリアン」

「アルヴィン。君、随分と長期の任務に就いているらしいね。何をしているんだい？」

「守秘義務というものがある。こんなところで話せるわけがないだろう」

おそらくマクシミリアンという名らしいその男は、アルヴィンの聖騎士隊の同僚なのだろう。

それなりに整った容姿をしているが、どうにも軽薄な雰囲気が拭えない。

妙に自信のあり気な様子も、どこかアルヴィンを馬鹿にした様な態度も、何もかもがシルヴィの鼻につく。

その隣には祭りの衣装を身にまとった、派手な女性を連れている。

（ふうん。生臭な聖騎士もいるんだなあ）

やはりアルヴィンのような清廉さは、同じ聖騎士と言えども、誰もが持ち合わせているものではないのだろう。

むしろ思っている以上に聖騎士隊の風紀は乱れていて、アルヴィンが特別なのかもしれない。

彼らの会話に強引に割り込むのも憚《はばか》られて、シルヴィはそっと店の外からその様子を伺う。

「どうせ例の聖女様関連の任務だろう？　聖女様が神殿から失われたことは、今ではこの聖都の住人なら誰だって知ってるよ」

「…………守秘義務がある」

「ここまで広まってしまったら、今更守秘義務もないだろうに。君は相変わらず真面目だね」

広まろうがなんだろうが、義務は義務として残る。正しいのはアルヴィンだというのに、なぜそんな言い方をされねばならないのか。シルヴィはむっとする。

「でも今日は流石に任務じゃないだろ？　こんなところで何をしてるんだい？」

「人を待っている」

「へえ、恋人かい？　なんせ今は年に一度の祝祭だもんな」

「いや、恋人ではないが」

「ははは。まあ確かに堅物な君に限って恋人ってことはないか。せっかくのお祭りだっていうのに、寂しいねぇ」

そんな小馬鹿にした物言いをされても、アルヴィンは変わらず淡々としている。男は、隣にいる恋人であろう女の肩を抱き、戯《おど》けた様に話す。

「なんでもこのアルヴィンは、恋人の一人も作らず仕事一筋！　結婚するまで清い体で通すらしいよ。真面目だよなあ。まさに清廉潔白で聖騎士の鑑《かがみ》だよ」

「まあ！」

くすくすと声を上げて、いやらしく男女は笑う。くだらない理由でアルヴィンを貶めて。

おそらくこういった揶揄いに慣れているのだろう。アルヴィンにまるで気にした様子はない。

だが敬愛なる主人を貶められたシルヴィは憤慨する。そして、お返しとばかりに、彼らを品定めする。

（…………勝った）

人を安易に貶めるのなら、自身が貶められても文句は言えまい。

シルヴィはそのまま黙って踵を返すと、適当な近くの店に入る。

それから深く被っていた帽子を脱ぎ、その顔を露出させると、彼女の美しさに店員が目を丸くして絶句した。

そんな店員に、にっこりと優しく微笑みかけ、そこに飾られていたあるものを指差して、シルヴィは言った。

「すみません。これ、一式いただけますか？」

（シルヴィの奴、今頃どうしているのかな……）

きっと好奇心旺盛な彼は、この祭りを精一杯楽しんでいることだろう。

そのことを喜びつつも、若干寂しくなってきたアルヴィンが、何故か隣の席に居座ったマクシミリアンとその恋人が、いちゃつきながら口にするくだらない自慢話に適当に相槌を打っていると、待ち人の声がした。

「アルヴィン様ぁ」

聴き慣れたはずのその声が、何故か妙に甘ったるく響く。一体何があったのかとアルヴィンは首を傾げながら声の方へ振り返った。

マクシミリアンもまた、その動きに釣られてその方向へと視線を移動させる。

「…………っ！」

そして聖騎士二人は、驚きのあまり大きく目と口をあんぐりと開いた。

そこにいたのは、絶世の美少女であった。

美しい金の髪を色とりどりの花で飾り、細かな花の紋様の刺繍を施された薄紅色の可愛らしい祝祭用の衣装を身に纏い、小さく跳ねながら弾ける様な笑顔でアルヴィンに向かって手を振っている。

その美少女に、周囲の目も釘付《くぎづ》けになる。

それは、夢にまで見た、アルヴィンの理想の美少女だった。

「お待たせいたしましたわ。アルヴィン様」

思わず動揺するアルヴィンに、その美少女は何故か馴れ馴れしく近づいてくる。

「どんなに素晴らしいお祭りも、一人で回るのはなんとも味気ないものですわね。やっぱり私、アルヴィン様と一緒に過ごしたいのです」

寂しかったのだと言って、アルヴィンの腕に弱々しく縋《すが》り付《つ》くと、美少女は眉を悲しげに下げて見せる。

突然現れた謎の美少女にぴっとりとくっつかれて、アルヴィンの頭は真っ白になった。

すでに童貞の許容範囲を超えている。

美少女は彼の肩にそっと頭を預け、そしてその耳元にそっと囁く。

「アルヴィン様。あなたのキラキラ成分が参りましたよ」

「…………っ！」

そこでようやくそこでアルヴィンは、その美少女の正体を知る。

そう、その美少女は、間違いなく彼の従者であるシルヴィであった。

（一体何をしてるんだシルヴィ……！）

そう言いかけて、アルヴィンはシルヴィからの「黙っていろ」という微笑みながらの無言の

圧力に屈して黙り込む。それは共に過ごした三ヶ月で培われた、以心伝心だった。

「き、君はアルヴィンの何？　恋人？」

アルヴィンの反応が面白くて、ついその存在自体を思わず忘れていたマクシミリアンに声をかけられたシルヴィは彼に振り向くと、こてんと愛らしく小首を傾げてみせた。

これは花街で学び鍛え上げた、男が好む女性の仕草百選の中の一つである。

「恋人……ではありませんわね」

シルヴィがそう返せば、マクシミリアンはあからさまに安堵のため息を吐いた。

正直彼の連れている恋人より、シルヴィの方が圧倒的に美しい。

そんなシルヴィがアルヴィンの恋人であったなら、男としてアルヴィンに負けたような気分になるのだろう。

（なるほど。連れている女性を自分の装飾品の様に考える、典型的なクズ男か）

侍《はべ》らせた女が美しければ美しいほど、自身の価値もまた上がるとでも思っているのか。馬鹿馬鹿しいことこの上ない。

さてこの男のくだらない自尊心《プライド》をへし折ってやろうと、シルヴィは悲し気に眉を下げる。

「私は、アルヴィン様のことを、心からお慕いしているのですけれど……」

つまりはアルヴィンが受け入れてくれないから恋人になれないのだ、という設定にする。

そうすることでアルヴィンがこんな美少女すら袖にできる立場にあるのだと、思わせることができる。

「……は？」

マクシミリアンは、信じられないと言う様に、アルヴィンを呆然《ぼうぜん》と見つめた。

「アルヴィン、君、馬鹿じゃないのか？　こんなに可愛い子を振ったのか？」

それにどういった反応をすればいいのかわからず無表情のまま固まっているアルヴィンに対し、勝手な解釈をしたらしい彼は、今度はシルヴィに馴れ馴れしく声をかける。

「ねえ、君。こんな堅物で面白味のない男はやめておきなよ。君くらい可愛ければ、もっと他に良い相手がいると思うよ」

まるで自分の方がアルヴィンよりも良い男だとでもいう様な言い草だ。本当に馬鹿じゃないのかと、シルヴィは内心でせせら笑ってやる。

アルヴィンの方が、何倍も良い男だというのに。

「そうだ。アルヴィンなんて置いておいて、僕らと一緒に祭りを見て回らないかい？　その方が絶対に楽しいよ」

隣にいる恋人が傷ついた顔をしていることにも構わず、マクシミリアンはその手を差し伸べて、シルヴィに迫る。

あわよくば、アルヴィンからシルヴィを奪おうとでも考えているだろう。本当にどこまでいやらしい男なのか。

さて、思いつく限りに罵ってから断ってやろうと口を開いた、その時。

背後から伸びた逞《たくま》しい腕が、シルヴィの肩を抱き、引き寄せた。

背中に感じる硬い体と体温に、シルヴィの心臓が跳ね上がる。

行かせまいとする彼の強い意志を感じ、じわじわと嬉しい気持ちが湧いてきた。

(本当に、もう。そういうところですよ、アルヴィン様)

シルヴィは肩に乗せられたアルヴィンの手に、そっと自分の手を重ねる。

それから顔を上げ、マクシミリアンの目を真っ直ぐに見据えた。

「アルヴィン様に面白味がない？　馬鹿なこと、おっしゃらないでいただけますか。彼ほど一緒にいて楽しい人を、私は知りません。あなたとは比べものになりませんわ」

そしてシルヴィは、客に相対する際のエイダの笑顔を参考にして、艶やかに笑ってみせる。

「私が男性に求めるものは、何よりもまず人に対する誠実さです。ですから私、どこに種を撒《ま》いてくるのかわからない様な、あなたみたいに軽率で身持ちの悪い男が一番嫌いなんですの」

そしてシルヴィは、突き放した声でこう言った。

「私はこれから恋しいアルヴィン様と二人きりで過ごしたいんです。あなたなんていらないの。お分かりになりましたら、とっととここからお引き取り願えますか？」

「……それで、シルヴィ。その姿は一体どうしたんだ？」

シルヴィの厳しい言葉に呑まれ、苦々しい顔で去っていく同僚の男をひらひらとおざなりに手を振って見送っていると、アルヴィンが未だ動揺が拭えない声で聞いてくる。

何やら随分と顔が赤い。どうやら照れている様だ。シルヴィは先ほどと同じ様に、婀娜《あだ》っぽい笑みを浮かべて見せた。

するとアルヴィンが、なぜかびくっと大きく体を震わせた。取って食われるとでも思っているのだろうか。シルヴィンはいつもの素の笑顔で、けらけらと声を上げて笑ってしまった。

「童貞なら一度は夢を見る『何もかも普通な俺が、ある日突然現れた美少女になぜか惚《ほ》れられて付き纏われてしまった！　どうしよう⁉』という憧れの状況を作ってみました」

胸を張って下らないことを偉そうに言うシルヴィに、アルヴィンは額を手で押さえながらがっくりと肩を落とし、それから深いため息を吐いた。

「――一体、何のために？」

そんなの、決まっている。実に簡単なことだ。シルヴィは許せなかったのだ。あんな奴に、アルヴィンが虚仮《こけ》にされることが。

「僕がやりたかったからです。あの男、ああ、確かマクシミリアンさんでしたっけ？　彼を羨ましがらせて、悔しがらせて、思いっきり嫌な気持ちにさせてやろうと思ったんです。ほら、僕ってあいつが連れていた恋人よりも、ずっと可愛いじゃないですか」

彼が、アルヴィンに自慢げに見せつけてきた恋人。確かにそれなりの美人ではあったが、シルヴィには敵《かな》わない。

女を見た目でしか判断しないあの男には、シルヴィはさぞ魅力的に見えたことだろう。

シルヴィが上目遣いでアルヴィンの顔を覗き込めば、彼は困った様に目を逸らした。

「うん。やっぱりあんな男より、アルヴィン様の方が、絶対に良い男です」

それを聞いたアルヴィンの頬が、真っ赤に染まった。

「……そんなアルヴィン様が、あんなくだらない奴らに不当に貶められているのが、悔しかったんです」

だから、思い知らせてやりたかった。あの男が馬鹿にしている、アルヴィンの価値を。

こんな方法しか思いつかなかった自分もまた愚かだとわかっていて、それでもなお。

悔しそうな顔をして、唇を噛《か》み締《し》めるシルヴィを見て、アルヴィンの心が温かなもので満たされる。

「今頃あの男、アルヴィン様に嫉妬して、絶対に悔しがってますよ。しかもあの調子じゃ、今の恋人にも振られるんじゃないですか？　ざまあみろ」

珍しく怒りに燃えるシルヴィの目が、完全に据わっている。

アルヴィンはその目に魅入られた。そして、ややあってから困ったように、幸せそうに笑う。

その笑顔に、今度はシルヴィが見入ってしまい、頬を赤らめる。

「シルヴィ、お前、案外喧嘩《けんか》っ早《ぱや》いんだなぁ」

その方法はともかくとして、シルヴィはシルヴィなりに主人の誇りを守ろうとしてくれたのだろう。アルヴィンはその気持ちが嬉しかった。

手を伸ばして、その柔らかな金糸を撫でてやる。するとシルヴィは気持ちよさそうに目を細めた。やはり今日も、我が従者は可愛い。

「ああいう輩には慣れてるから。お前はそんなに気にしなくていいんだぞ」

「馬鹿なこと言わないでください。慣れたところで、傷つかないわけじゃないです」

はっきりと言うシルヴィに、アルヴィンはまた顔を綻ばせる。

確かにそうかもしれない。大人になって、適当にやり過ごすことができるようになっただけで。

あの頃不快だったものは、本当は今でも不快なままなのに。

「大体アルヴィン様を揶揄っていいのは、僕だけです……！」

「……おい。ちょっと待て。それに関しては納得がいかん」

「僕のにはちゃんと深い愛があるので！」

「そうなのか⁉　本当に⁉」

そして二人で顔を見合わせて吹き出す。どこまでも真っ直ぐなシルヴィに、アルヴィンのささやかな悩みは晴れていく。

「この格好するの、大変だったろう」

「いいえ。花街で姐さんたちの身支度をよく手伝ってたんで、実はこういうの得意なんです」

「そうか……」

「髪の長さを誤魔化《ごまか》すために、頭に花を飾ったんです。可愛くないですかこれ？」

確かに花の妖精のようだとアルヴィンは思う。ちなみにしっかりと膨らんでいる胸の部分が非常に気になるのだが、一体何が入っているのだろうか。

「ああ、可愛いな」

「でしょう！　またあいつらに会うかもしれないので、しばらくこの格好でいますね」

シルヴィが得意気に楽しそうに笑う。それからアルヴィンの手を引いた。

「ねえアルヴィン様。一緒にお祭りを回りましょう！　一人で色々と見て回ってたんですけど、あんまり楽しくなくて。やっぱり僕、アルヴィン様と一緒に見て回りたいです。さっきも実は誘いに来たんですよ」

「……そうか。ありがとう」

何故お礼を言われるのだろうとシルヴィは首を傾げる。自分がしたくてしたことで、わがままを言っているのは自分の方なのに。

「じゃあ行こうか。何か見たいものはあるか？」

「向こうのお店で焼かれていたお肉が食べたいです！　薄いパンに包んで食べるやつです！」

「ああ、わかった。じゃあそれを買いに行こう」

「そしてアルヴィン様から頂いたお小遣い、この衣装を買うのに使っちゃって、なくなっちゃいました」

ドレスに靴に髪を飾る花々に、アルヴィンからもらったお小遣いはあっさりとすっとんだ。

「……わかった、もちろん奢《おご》ってやる」

「わーい！　アルヴィン様、大好きです！」

「お前は本当に調子がいいな！」

口では苦言を言いながらも、アルヴィンはとても嬉しそうにしている。そんな彼に、シルヴィも嬉しくなって、彼の手をひっぱって歩き出した。

そうして二人でしばらく祭りを楽しんでいると、どこからか、大きな鐘の音が聞こえてきた。

「ああ、どうやら神殿で祝福が始まるようだ。見に行くか？」

「祝福ですか？」

「この祝祭で行われる催しだ。大神官様自らが国民に祝福を与えてくださる」

「へえ……」

アルヴィンとシルヴィは人波に流されるまま、大神殿前の広場へと向かう。

この聖都は千年前に造られて以後、災害や戦争に一度も巻き込まれていない。

そのため、古く壮麗な歴史的建造物が、いまだに多く残されていた。

その中でも、聖都中央に鎮座する巨大な神殿は圧巻だった。シルヴィはそのあまりの壮大さに唖然《あぜん》としてしまう。なるほど、これほどの建物を見れば、神を信じてしまうかもしれない。

建国時からある聖都でも最も古い建造物だが、時代とともに当時の技術を結集させて増改築を繰り返したため、複雑な造りになっている。

建物正面にある、この国の建国神話を描いたステンドグラスがなんとも幻想的で美しい。

「大神官様がおいでになられた。見えるか？」

「え、全然見えないです」

小柄なシルヴィでは、人に埋もれてしまい見えない。するとアルヴィンがシルヴィをひょいっと抱き上げた。

「ひゃっ！　アルヴィン様？」

「ほら、これなら少し見えるだろう？」

ほぼアルヴィンと同じ視線の高さになり、一気に視界が開ける。

大神殿の門へと続く階段。その最上段に銀色に輝く錫杖《しゃくじょう》を持った一人の男性が立っていた。

「…………っ！」

シルヴィは、大神官のその人間離れした美貌に思わず言葉を失う。

「美しい方だろう？」

アルヴィンの声に、こくこくと首を縦に振る。

「僕でも絶対に勝てないと思うほど綺麗な人、初めて見ました……」

「相変わらずの自己愛だな、シルヴィ。そういうところ嫌いじゃないぞ。ちなみにあの方は私の父と同年代なんだそうだ」

「ば、化け物ですか……⁉」

年齢不詳にも程がある。思わず大声を出してしまったシルヴィは慌てて口を塞ぐ。そんな彼女にアルヴィンは笑った。

大神官は祈りを捧げ、神官たちの美しい歌声に合わせて、手にある錫杖を民に向けて振る。

それはなんとも幻想的で、この世のものとは思えずシルヴィは見惚れてしまう。

確かになにがしかの祝福が自分に与えられたような、そんな感覚に満たされる。

そして、民への祝福を終えた大神官が、踵を返したその時。

「大神官様……！　どうかお教えください！　聖女様はどちらにいらっしゃるのですか……！」

誰かが彼に向かって叫んだ。一気に夢から醒《さ》めたように、周囲がざわつく。

「この国は、これから、どうなるのですか……‼」

そんな悲痛な叫びに、だが大神官は足を止めることなく、そのまま神殿の中へと消えていった。

その場を、なんとも言えない重い空気が包み込む。

「……いこうか」

アルヴィンの腕から下ろされ、促されたシルヴィはまたとぼとぼと歩いて街に戻る。
そこはまだ賑《にぎ》やかな祭りの最中で。けれども先ほどの光景を見た後ではその喧騒が、現実から目を逸らすための空虚なものであるように感じられた。

「……さて、今日はもう疲れただろう？　そろそろ帰るか」

気落ちした様子のシルヴィの頭を、ぽんぽんと優しく叩いてアルヴィンが声をかけた。

「……帰るって、どちらへ？」

「私の実家だ。この聖都にいる間、世話になろうと思ってな」

まさかの実家滞在。いつものように宿を取るのだと思い込んでいたシルヴィは慌てる。

「僕も一緒に、ですか？」

「当たり前だろう？　お前は私の従者なのだから、連れ帰るのは当然だ」

確かアルヴィンはフォールクランツ伯爵家の令息だったはずだ。つまりは、これから貴族の邸宅に帰る、ということで。

「本当に僕なんかを連れて行って大丈夫なのですか？」

「大丈夫に決まっている。心配するな」

難民街出身のシルヴィを連れ帰って、本当にアルヴィンは家族に責められたりはしないだろうか。

アルヴィンに偏見がないことはわかっていても、彼の家族もそうとは限らない。

心配しつつも、シルヴィは祝祭の衣装を買った店に戻って試着室を貸してもらい、元の格好に戻る。

店員の女性にうっとりと見つめられながらも、お礼を言って店を出る。

男装はやはり楽だ。だが、久しぶりの女装も楽しかった。自分が女性であることが、久しぶりに自覚できて、だからこそ、あの衣装を脱いでしまうことが少し寂しかった。

店の前で待っていたアルヴィンにいつもの姿を見せると。何故か彼も少し寂しそうな顔をしていて、シルヴィは笑ってしまった。

どうやら彼はシルヴィの女装姿が気に入っていたようだ。相変わらずわかりやすい主人である。

シルヴィは、なんだか不思議とくすぐったいような気持ちになった。

そして、二人でアルヴィンの実家に向かい歩き出す。

しばらくすると明らかに人通りが減り、美しく整備された石畳の道の両側を、贅を凝らした大きな邸宅が立ち並ぶ閑静な住宅街へと出る。

シルヴィはなにやら嫌な予感がして、冷や汗が止まらない。明らかに次元の違う場所へ向かっている気がする。

ここは、明らかに自分のような人間が入り込んではいけない区画だ。

「着いたぞ。ここだ」

「…………!」

そう言ってアルヴィンが立ち止まったのは、その中でも一際大きく、壮麗な屋敷の前で。

さて、どうやってここから逃げ出そうかとシルヴィは頭を必死に巡らせた。

第三章　聖女になんてなりたくない

「ねえシルヴィ、そろそろお茶にしましょうか」

「はい、奥様」

聖都アークライトにある、フォールクランツ伯爵家の別邸。アルヴィンの実家であるそこで、シルヴィは今、執事見習いとして働いていた。

フォールクランツ伯爵家は、シルヴィの想像以上に大きな家であった。

この国の建国期からある古き名家であり、初代当主は初代国王であるアデレイド女王の側近だったという。よって現在も王家からの信頼が厚い。

元々外交官だったアルヴィンの父であるフォールクランツ伯爵が、その経験を生かして始めた貿易業が当たりに当たり、今では国内有数の裕福な家であるのだそうだ。

聖都の一等地に壮麗な屋敷を持ち、領地にはさらに大きな城があるのだというから驚きだ。

良いとこのボンボンであろうとは思っていたが、まさかここまで大きな家の後継とは、流石に思っていなかった。

聖都に入り、アルヴィンにここへ連れてこられた時、シルヴィはそのあまりの世界の違いに怖気付き、門の前で立ち止まって頑《かたく》なに屋敷に入ろうとはしなかった。

「無理です！　僕どこかで他に宿を取るんで！　どうぞアルヴィン様一人でお帰りください」

「大丈夫。うちの屋敷の奴らはみんな気のいい奴らだぞ。無駄に大きい屋敷だから部屋だって余りまくっている。お前一人増えたところで誰も気にしないさ」

「それはあなたがこの家の後継だからです！　どこぞの馬の骨ともしれない僕とは違います！

そして僕が気にします！」

「随分と可愛い馬の骨だな。大丈夫だ。問題ない」

「問題しかありません！　何もわかってないじゃないですかー！」

必死の抵抗虚《むな》しく「わかったからいくぞ」とアルヴィンの肩に担がれて、シルヴィは屋敷に連れて込まれてしまった。

国から与えられた任務により長きにわたり聖都を留守にしていた後継が、突然人攫《ひとさら》いの様に担いで連れてきた素性の知れない怪しい従者の少年を、だがこの屋敷の者たちは驚きつつも何の抵抗もなく受け入れて、歓迎してくれた。

シルヴィも最初はアルヴィンの客人として丁重に扱われていたのだが、あまりにも与えられるばかりの生活に耐えられず、しぶるアルヴィンにどうか働かせてくれと請い願い、なんとか執事見習いとして働かせてもらっている。

アルヴィンも、それまで住んでいた聖騎士団の寮を引き払い、シルヴィと共に実家で暮らし始めた。

彼の指示で、そのまま使用人の部屋ではなく浴室付きの豪華な客室を使用させてもらっているため、相変わらず女性だということは、誰にも見抜かれていない。

多少の罪悪感を持ちつつも、シルヴィは、相変わらず気楽で楽しい美少年生活を送っている。

アルヴィンの母であるフォールクランツ伯爵夫人などは、ビスクドールの様な美少年であるシルヴィのことをいたく気に入ったようで、息子が仕事で王宮に詰めている間、常にそばに侍らせる様になった。

どうやら、フォールクランツ家は父子揃《そろ》って面食いであるらしい。伯爵夫人オーレリアは少女様な風情の、可憐《かれん》で美しい女性だった。

柔らかに波打つ銀の髪そのままに、本人もふわふわとしていてなんとも捉え所がないおっとりとした雰囲気の持ち主であるが、そばにいると不思議と穏やかな気持ちになる。

そんな彼女は、あまりアルヴィンとは似ていない。

アルヴィンの容姿は、父であるフォールクランツ伯爵にそっくりであった。

この屋敷に滞在することになり、挨拶のためアルヴィンに連れられ、初めてお会いした伯爵は、間違いなく三十年後のアルヴィンはこうなるであろうと思うほどによく似ていた。

夫人曰く、フォールクランツ家当主は代々似たような顔をしているそうだ。

確かに当主の部屋には先祖代々の肖像画が並べられているが、年代による衣装や髪型の違いはあれど、皆よく似ていた。

その顔立ちや、纏う色彩は、代々続く非常に強い遺伝なのだという。

「少しくらい私に似ても良いと思わない？　生まれたばかりのアルヴィンの顔を見た時、あまりに旦那様に似ているものだから笑ってしまったわ！」

「さようでございますか」

「つまりはきっと、アルヴィンがどんな美人なお嫁さんをもらっても、やっぱり孫はあの顔であの色彩なのよ。一体なんの呪いなのかしらね」

「……僕はアルヴィン様の顔、素敵だと思いますけれど」

確かにその纏う色彩や野暮ったい感じからパッとはしないものの、よく見ればそれなりに整った顔なのだ。そう、地味なだけで。

「まあ！　シルヴィは良い子ねえ」

オーレリアはにこにこと幸せそうに笑って、シルヴィの頭を優しく撫でてくれた。

男の顔は、女以上にその内面が滲み出るとシルヴィは思う。

だからこそ、彼のそばにいればそばにいるほど、彼の内面を知れば知るほど、シルヴィはアルヴィンが、どうにもこうにも格好良く見えるようになってしまった。

たまにする真剣な表情などたまらなくて、その横顔にぼうっと見惚れてしまったりする。

これまでどんな美形を見ようとも、そんなことになったことはないのに。

「アルヴィン様の奥様になられる方は、とても幸せだと思います」

「うふふ、私もそう思うわ。あの子はとてもいい子だもの」

シルヴィの言葉に、伯爵夫人オーレリアは嬉しそうに笑う。息子を真実愛し、信頼している顔だ。彼女の笑顔にシルヴィは母を思い出す。

どちらかといえば、伯爵夫人とは違い、母は苛烈な人だった。大の男相手でも対等に立ち向かい、正論でもって叩《たた》き潰《つぶ》し、どんな怪我人《けがにん》も病人も、怯《ひる》まず治療に当たった。

母よりも強い人を、シルヴィは知らない。

「それにしても本当にシルヴィの所作は綺麗ねえ。言葉遣いも完璧。読み書きも計算もできる。難民街で育ったとはとても思えないわ。正直、貴族の子息だと言われたら、みんな信じてしまうと思うわ」

夫人のために茶を淹《い》れていると、彼女は感嘆のため息を吐いてそう言った。

「ありがとうございます。母に厳しくしつけられまして」

「お母様は教養のある、素晴らしい方だったのね」

オーレリアの素直な賛辞に、シルヴィの頬が緩む。顔は似ていなくとも、彼女のこういうところは本当によくアルヴィンに似ていると思う。

そういえば、自分も母に全く似ていなかったことを思い出す。だからこそ男装をして母の助手をしている際、親子だと見抜かれたことは一度もなかった。

母のモニカはシルヴィに家の外では徹底して男性として過ごすことを強いた一方で、家の中では徹底して女性として過ごさせた

言葉遣い、所作、礼儀作法、教養。それらすべてを厳しくシルヴィに仕込んだのだ。

いずれきっと役に立つ日が来るからと。

アルヴィンは、母はかつて貴族令嬢だったのだと言った。正直初めて聞いた時は半信半疑だったのだが、彼女に教えられたものがこうして伯爵家でも通用することで、その信憑性《しんぴょうせい》は一気に増した。

だがそれにしても母は貴族令嬢でありながら、何故その高貴な身分を捨てあの地獄のような街にいたのだろうか。

考えれば考えるほど謎は深まるばかりだ。すべてを知りたいと思う一方で、最近では知らなくても良いことは、知る必要はないのではないかとも思うようになった。

シルヴィは何とかこの家で、執事見習いとしてそつなく仕事をこなしている。

人間関係は良好で、与えられる賃金にも文句はなく、さらには仕事内容も性に合っていて、十分に幸せな日々だ。

難民街出身の自分が、まさかこんなにも真っ当な生活が送れるとは思っておらず、なにやら逆に申し訳ない気持ちでいっぱいである。

「悪く思わないでちょうだいね、シルヴィ。あなたの生まれを悪く言うつもりはないの。実は私も、この国の隣にある、イザード王国の出身だもの」

だからこそ伯爵夫人という高い地位でありながら、オーレリアはこの国の社交の場に呼ばれることはない。それどころかその存在自体を無視されている。

伯爵家に届く様々な社交場への招待状には、オーレリアの名前は一切載せられていない。

この国は、神に愛されし自国民以外には、非常に冷たいのだ。

「だから私、アルヴィンが旦那様にそっくりに生まれてくれて、本当はほっとしたのよ。あの子は私と違って、この国の国民として生きていけるって」

「奥様……」

シルヴィは痛ましげにオーレリアを見つめる。こんな善良で美しい女性が、ただ他国の出身であるというだけで、なぜそんな扱いを受けねばならないのか。

シルヴィには、どうしても理解できなかった。美しいこの国の、最も唾棄《だき》すべきところだ。

「もちろん旦那様は優しいし、息子は可愛いし。私はちゃんと幸せよ。でも、やっぱり認めてもらえないのは悲しいことね」

そしてフォールクランツ伯爵は、愛する自分の妻を侮辱するものを許さなかった。そのため結婚当初多くの使用人がこの屋敷を辞めさせられることになったという。

だからこそこの屋敷の使用人は、難民上がりの者が多いのだ。それもまたシルヴィがここにあっさりと受け入れられた理由なのだろう。

そして、伯爵は何度も公の場に、オーレリアを正式な妻として連れ出そうとした。だが、それにオーレリアの方が耐えられなかった。剥《む》き出《だ》しの嘲笑に、悪意に、耐えきれなかった。

「私は、弱い人間だったから」

「……逃げることは、罪ではありませんよ。奥様」

理不尽と戦い、立ち向かえる人間など、実際のところは一握りだ。しかも無理をして戦えば、さらに深い傷を負うことになる。

逃げられる場所があるのなら、逃げた方が良いに決まっている。

そしてオーレリアは、こうして屋敷に籠もって生活をしているのだ。

「アルヴィンもね、きっと私のことでたくさん辛い思いをしたはずなの」

彼があんなにも頑なに清廉な聖騎士たらんとするのは、きっと、母の名誉を守るためでもあるのだろう。他国出身であっても人間の質は変わらないのだと主張するために。

彼は一見頼りないように見えて、戦える側の人間なのだ。

「あの子がどんなに頑張っても、他国の血が混じっているという理由で貶《おとし》められるのでしょうから」

悲しげに歪む伯爵夫人の顔を見た、シルヴィの心に、苦いものが湧き上がる。

アルヴィンは、本当に優しくて、善良で、高潔で。――そして馬鹿な人だ。

もっと、自分のために生きても良いのではないかとシルヴィは思う。

それは、自身が何も背負うもののない、気楽な身の上だからこそ言えることなのかもしれないが。

（――神が、聞いて呆れるわ）

自分の選んだ者しか救わない神など、ろくでもないとシルヴィは思う。

アルヴィンはこれまでどれほどの屈辱の中で生きてきたのだろうか。

この聖都にきたばかりの時の、彼の同僚の失礼極まりない態度を思い出す。

きっと彼にとって、あれは、ごく日常的なことだったのだ。

だがその一方で、こんな環境に育ったからこそアルヴィンのような人間が育ったのだろうとシルヴィは納得もする。

アルヴィンの、シルヴィをはじめとする難民への偏見のなさは、きっと、自身もまた差別を受ける側の立場にいたから培《つちか》われたものなのだろう。

「それなのにあの子はいじけることもなく、私にはもったいないくらい、真っ直ぐでしっかりした立派な子に育ったわ」

オーレリアはにっこりと誇らしげに笑った。釣られてシルヴィも笑う。

「だからシルヴィも、自分を卑下してはダメよ。自分を貶めてもろくなことがないもの」

「はい、奥様」

シルヴィはこの屋敷で働き始めて、すっかりこの伯爵夫人のことが大好きになっていた。

そして、そんなシルヴィからの好意を伯爵夫人はちゃんと感じているのだろう、嬉々としてシルヴィをかまい倒してくれる。

「ほらシルヴィも食べてちょうだい。この焼き菓子美味しいわよ」

「ですから奥様。僕は使用人なので」

「私が食べていいって言っているのよ？　何の問題もないわ」

ニコニコと笑いながら、オーレリアはシルヴィの口に小さく切った菓子を押し込む。

側にいる侍女たちも、そんな彼女の行動をにこにこと微笑ましく見ているのみである。

その強引さに、やはりあの息子にしてこの母なのだな、とシルヴィはしみじみと思う。

シルヴィが次々に口の中へと放り込まれる焼き菓子を咀嚼《そしやく》し、広がる甘味《あまみ》を噛みしめていると、執事がアルヴィンが帰宅したと告げにきた。

「あら？　あの子ったらもう帰ってきてしまったの？」

オーレリアは拗ねた様に言う。アルヴィンが帰ってきた時点で、シルヴィはこの屋敷の執事見習いから、彼の従者に戻ることになっている。

オーレリアとしては、可愛がっているシルヴィを息子に奪われてしまうことが残念なようだ。

実の息子に対し酷い物言いだと、シルヴィは思わず笑いを漏らす。仲の良い親子だからこそ言える、遠慮のない言葉なのだろう。

「それでは奥様、僕はアルヴィン様をお迎えに行ってまいります」

シルヴィが綺麗に一礼をし、とっておきの笑顔を浮かべれば、オーレリアをはじめとするその場にいた女性たちが、ほうっと感嘆のため息を吐く。

やはり女性は美少年がお好きなのだな、などとシルヴィはほくそ笑む。

花街で年上の女性のあしらい方を熟知していたこともあって、この屋敷においてもシルヴィは奥様から使用人に至るまでをうまく誑《たぶら》かし、可愛がってもらっていた。

そのまま屋敷の玄関へ急いで向かえば、帰ったアルヴィンがちょうど外套を脱いだところだった。

聖騎士の隊服を身に纏った彼を目にするのは久しぶりだ。出会った頃は本人が衣装に負けている気がしたものだが、今ではよく似合っているとすら思ってしまう。シルヴィの目は、最近良く誤作動を起こす様になってしまった。

「おかえりなさいませ、アルヴィン様。外套をお預かりいたします」

「ああ、ただいまシルヴィ。よろしく頼む」

その声の硬さに、冷えた外套を受け取ったシルヴィは彼の顔を伺い見る。

明らかに何か思い悩んでいる様子だ。いつもより、眉間の皺が深い。

「……なにか、ございましたか?」

「なんでもない。……いや、違うな、何かはあったが、私には何もできなかったということだ」

沈痛な面持ちで、アルヴィンは呟いた。

シルヴィはただ彼に寄り添って歩く。こう言う時は下手に口出さない方がいいのだと、わかっていた。

しばらくして、ぽつりぽつりとアルヴィンは話し始めた。

「該当者に良家の子息もいるから、すでに公にされているが……」

本日、聖騎士が数人処刑されたのだという。彼らは国の機密を、自分の中に留めることができなかったのだそうだ。

（……例の、聖女が行方不明ってやつか）

もう、どうやっても収集がつかないくらいに、その噂は国中に蔓延《まんえん》していた。つまりそれは、その情報を外部に漏らした人間がいるということだ。

「……この国は、千年の永い平和で、どうしても危機感に欠いている。騎士とは言うが、誰一人として実戦経験はない。そして、緊張感も持ち得ない」

「ここだけの話」と言って国の機密を妻や恋人、家族に漏らした騎士たちは、悪意を持っていたわけではなかった。

ただ、近親者であっても一度情報を漏らしてしまえば、あっという間に『ここだけの話』ではなくなってしまうということを、知らなかったのだ。

聖女の不在は瞬く間に国民の間に知れ渡り、人々は恐れ慄《おのの》いた。

――この国から、聖女は、神の恩恵は失われたのかと。

処刑を命じられた彼らは「それくらいのことで」と泣き叫んだ。国の機密を漏らしたことに、それほど罪の意識を持っていなかったということなのだろう。

聖騎士隊の規律の程度が知れる、あまりにもお粗末な出来事だった。

部屋に着くと、アルヴィンは長椅子に腰掛け、ぐったりと背もたれに寄り掛かった。

大きく盛り上がった彼の喉仏を見つめながら、シルヴィは口を開いた。

「……つまり、聖騎士隊は聖女様を探していた、と」

「ああ、そうだ。そのことも公にされた。王宮は今、大騒ぎだ。国王陛下も、ここまできたらもう隠し通すことはできないと考えたようだな」

――十八年も前に、この国から聖女が失われているということ。

だからと言って神の守護の全てが失われたわけではないと、国王は繰り返し必死に釈明しているが、あまりにも説得力がない。

そして国は、聖女を探すことをひとまず諦め、聖女なき状況下での、この国の生き残りに注力することにしたようだ。

「これからこの国は苦難の道を行くことになる。聖女不在という緊急事態を理由にし、国民から理解を得て増税を行い国防に力を入れると言っているが、平和ボケしている国民たちが、どこまで対応できるか……」

額を抑え思い悩むアルヴィンをよそに、シルヴィはそれどころではなかった。

(それってやっぱり私が聖女ってことなの……⁉)

「あのぉ……。つかぬことをお聞きしますが、つまりアルヴィン様がお探しになられていたモニカ・アシュリーの娘って……」

「ああ、おそらくは聖女ではないかと目されている少女だ」

「…………っ！」

だからそんな大仰な素性は望んでいない。シルヴィは頭を抱えたくなった。

「モニカ・アシュリー男爵令嬢はかつて王弟イェルク殿下と恋仲だったらしくてな」

(うわぁ……。本当に私の父は王族だったんだ……)

思わずシルヴィは天国にいる母を少々恨んだ。そういうことは、頼むからちゃんと前もって娘に伝えておいて欲しかった。

だが、それはつまり、裏を返せば、母はそうまでしてもシルヴィを聖女にしたくなかったということだ。

疲れた様子のアルヴィンを見つめながら、シルヴィは思いだす。

かつて、死の床で母は言った。

『いつか、この街を出なさい。多くのものを見なさい。そして、ちゃんと自分の意志で物事を判断できる人間になりなさい』

――この国の民は、ここを楽園だという。

戦争も災害もなく、土壌も豊かで常に豊作が約束された、安寧の地。

けれど母はこの国に対し、一度もそんなことを言ったことはなかった。

それどころか、言葉の節々に、この国への憎しみのようなものまで感じることがあった。

（……何かがあるんだ。きっと、何かが）

「ちなみに聖女様って、どんなことをするんですか？」

聖女という存在自体に疑念を持ったシルヴィは、アルヴィンに聞いてみた。

「神殿にお入りになり、最高位の神職として、生涯神の御許《みもと》で祈りの日々を送ることになる」

「……へえ……」

思わず冷たい声が漏れ、慌てて笑ってごまかす。

（つまり聖女になったら、神殿に閉じこめられて、ただひたすらこの国のために死ぬまでお祈りをしてなきゃいけないのか）

ないな、とシルヴィは思った。そんな人生は、死んでもごめんだ。

母が、シルヴィに世界を見るようにと願った理由がよくわかる。

母は、シルヴィに見極めさせたかったのだろう。この国は自分の人生を賭してでも救うべきものなのか。

そしてシルヴィは、結局この国のために祈る気になど、まるでならなかった。

それどころか、この国の暗部を知っているからこそ、選民思想で傲《おご》り高《たか》ぶった愚かな民たちが、少々痛い目に遭えばいいとすら、思ってしまう。

このまま隠し通してしまえばいい。十八年間なんとかなったのだから、これから先もなんとかなるはずだ。今更聖女など不要だろう。

これからは神に頼らず国民たちの自助努力でこの国を守ればいいのだ。そもそも他国はそうして発展してきているのだから。それこそ本来のあるべき姿だろう。

「おそらく、これが本来の国家のあり方なのだろうな」

同じことを考えたのであろう、苦しげなアルヴィンの言葉に、シルヴィは頷いた。

さぞかしその道は、遠く険しいことだろう。

人は、有ることに慣れるのは早いが、無いことになれるのは難しい。

よって今後、国民の不安や不満は溜《た》まる一方だろう。それをうまく制御《コントロール》しながら、国を立て直していかねばならないのだから。

「お疲れ様です、アルヴィン様。家に帰ってきたのなら、せめて仕事のことは忘れてゆっくり休みましょう」

疲労の色の濃いその顔に、心が痛む。この国のために祈る気にはならないが、アルヴィンのためならいくらでも祈れる様な気がした。

きっとそんな自分は、とことん聖女などに向いていないだろうと、シルヴィは自嘲する。

「……なんか、お前が妙に優しいと気持ち悪いな」

「失礼ですね。アルヴィン様の目に一体僕はどう映っているんですか。僕はいつだって優しいでしょう」

「それはいくらなんでも自己評価が高すぎだと思うが」

「失礼にも程がありますよ……！」

抗議してみればアルヴィンが声を上げて笑い、そしてそんな彼にシルヴィもつられて笑う。

（ずっとこのまま、アルヴィン様のそばにいられたらいいのに）

思わずそんなことを考えてしまうほど、アルヴィンの側は居心地がよかった。

だが、国が聖女の捜索を諦めた今、アルヴィンの任務も解かれることになるだろう。

よって、シルヴィもまた、アルヴィンの従者として働く理由がなくなった。

（寂しい……なあ）

きっとお人好しの彼に解雇は言い辛いことだろう。だから自分から申し出るべきだ。シルヴィは覚悟を決めて口を開く。

「それじゃ、僕のお仕事も終わりですね。お世話になりました、アルヴィン様」

「………は？」

想定外だったのか、アルヴィンがひどく間抜けな声を上げた。シルヴィはにっこりと微笑む。

じくじくと胸が痛むのを必死に堪えながら。

「だって、僕の役目は聖女様を探すことだったでしょう？　アルヴィン様がその任務を降りられるのであれば、僕は必要なくなりますよね。だったら――」

「――だめだ」

それは、アルヴィンにしては、随分と強い言葉だった。想定外のことにシルヴィは驚いて、目を見開く。

「絶対に許さん」

これまでになく、アルヴィンは苛立《いらだ》っているようだった。逃さないとばかりに、シルヴィの手首を強く掴む。その気迫に、思わず恐怖でシルヴィの体が震える。

「それともどこか次の勤め先に当てがあるのか？」

「い、いえ、ありませんけど。これから探そうかと」

「だったらここで、このまま働いていればいいだろう！　父上も母上もお前を気に入っている。何の問題もない！」

まるで癇癪《かんしゃく》を起こした子供のような駄々《だだ》の捏《こ》ね方《かた》に、シルヴィは呆れる。だが、覗き込んだアルヴィンの目にある悲しみの色を見て、なにやら笑いがこみ上げてしまった。

気に入られているとは思っていた。だがこれほどまでに執着されているとは思わなかった。

「……つまりアルヴィン様は、僕がいなくなったら、寂しいんですね？」

シルヴィが揶揄うように言えば、アルヴィンの顔が真っ赤になる。シルヴィはそれだけで、満たされた気持ちになる。こんなにも彼に必要とされていることが、嬉しい。

「ああ、そうだ。私はお前がいないと、寂しい」

真っ直ぐな目で請われ、今度はシルヴィの腰が砕けそうになり、顔を真っ赤にする。

（本当にもう！　そういうところですよ！　アルヴィン様……！）

なんだかんだ言ってシルヴィは、最終的にアルヴィンに甘く、敵わないのだ。

「……わかりました。じゃあもうちょっと側にいてあげます」

「ちょっとではなく、ずっとここにいればいいだろう」

「ふふっ。アルヴィン様は寂《さみ》しがり屋《や》ですね。考えておきます」

求められていることが嬉しくて、思わず視界が滲《にじ》むのを、瞬《まばた》きをして誤魔化す。

「この小悪魔め……！」

などと言って、アルヴィンがふてくされているのだって、可愛いとしか思えない。

この身が女である以上、いつまでもこの場所にいることはできない。

いずれこの屋敷でも、時と共にシルヴィの性別や存在に疑いを持つ者たちが現れるだろう。

（――――でも、もう少しだけ）

世界で一番居心地が良いこの場所に、居たいのだ。

「勝手に居なくなったりするなよ」

「流石にそこまで恩知らずじゃないですって。アルヴィン様ったら、本当に僕のことが好きですよね」

「ううるさい！　そうだ！　私はお前のことを気に入っているんだ！　悪いか！」

「はい、僕もアルヴィン様が大好きですよー」

「だからそういうことを気軽に言うなー‼」

この幸せな時間が少しでも長く続くことを、シルヴィは願っていた。

第四章　ご主人様の結婚

シルヴィがアルヴィンと共に、聖都アークライトにやってきて一年近くが経った。

アルヴィンは聖女捜索の任から解かれ、今では国軍の再編成にとりかかっているそうだ。

この国は今、いつ他国か攻め込んでくるか分からないという、これまで経験したことのない緊迫した状況となっている。

そんな先の見えない不安の中で、税金が大幅に上がったこともあって、人々は物を買い渋るようになり、遊興に金を割くこともなくなり、不況の嵐が吹き荒れた。

それによってこれまで安価な労働力として不当に搾取していた難民たちの、その多くがこの国を見限って祖国に帰り、そして安価な人手を必要とする農場や製造業なども大きな打撃を受けることになった。シルヴィアの育ったあの街も、随分とその人口を減らしたらしい。

神聖エヴァン王国は今、未曾有の危機の中にあった。

「え？　アルヴィン様が、ご結婚、ですか？」

そんな中で、フォールクランツ伯爵家ではひとつ、めでたい話が上がっていたようだ。

オーレリアに請われて刺繍に付き合っていたところに聞いた、そんな衝撃的な話に、シルヴィは思わず問い返してしまった。

動揺のあまり針運びが一気に怪しくなり、このままでは指先を突いてしまうと、一度刺繍の手を止める。

「ええ、アルヴィン坊ちゃんも良い歳だから、と。旦那様が良いお嬢さんをお探しになってくださったそうですよ」

確かにアルヴィンは二十代半ば。すでに結婚し子供がいても全くおかしくない年齢である。そろそろ真剣に息子に結婚相手を、と考える伯爵の気持ちも理解できる。なんせアルヴィンは一人息子で、この家の後継なのだ。

それにアルヴィンのあの状態では、結婚どころか恋人もできないだろう。なんせ女性にまるで耐性がないのだ。

彼の様に奥手な傾向のある男性は、自主的に熱烈な恋をして結婚というよりも、誰かに結婚相手を御膳立《おぜんだ》てしてもらい、夫婦となってから距離を縮めていく関係《スタイル》の方が良い気がする。

（……理解はできるのに、なんでだろう。胸がもやもやする）

体の中で渦巻く不快な感情を顔に出さぬ様に、必死に抑えつけて、シルヴィは深呼吸をする。

それから楽しげに話す年配の侍女たちを前に、にっこりと笑って見せた。

「ではフォールクランツ伯爵家に、若奥様がいらっしゃるんですね」

「まあ、アルヴィン本人は余り乗り気ではない様なのだけれどね」

困った顔をして、同じく刺繍の手を止めたオーレリアが、頬に手を当て深いため息を吐いた。

「仕事も忙しく、国の混乱も収まっていないこの状況下で、結婚なんてとても考えられないと言って、昨日も旦那様と夜遅くまで言い合いをしていたのよ。あの子は理想主義者《ロマンチスト》だから、ちゃんと自分で結婚相手を選びたいのかもしれないわ」

『結婚相手くらい自分で見つけます！　だから放っておいてください！』

『それができるならとっくに結婚しているだろうが！　この馬鹿息子！　それができないからこうしてお父様が頑張ってるんだろう！　とにかくいいから一度会ってみなさい！』

などという、父子間の不毛な言い争いが、夜更けまで続いたのだと言う。

確かにアルヴィンの女性への理想は、長き童貞の日々の妄想で熟成され、山のように高そうではある。なかなか適合する相手もいないだろう。

「それでね、旦那様が見つけてきたお嬢さんっていうのが、ハーシェル子爵家の次女だったか三女だったかで、十七歳くらいのお嬢さんらしいのだけれど」

自分と同い年か少し下くらいの年齢の少女が、アルヴィンの妻となるのだという。

シルヴィは、さらに心に溜まっていくモヤモヤを、必死で見て見ぬふりをしていた。

「それで時間がないってごねるアルヴィンに、旦那様が仕事の昼休憩の間だけでもってねじ込んで、明日、少しだけ顔合わせをするのですって」

確かにアルヴィンは最近仕事が忙しく、毎日夜遅くなってから帰ってくる。ご令嬢の行動可能な時間に会えるのは、昼休みくらいのものだろう。

「そこでシルヴィに明日、買い物を頼みたいのよ」

「…………はい？」

突然の話の変遷に、シルヴィは目を丸くする。

「そうねえ、今使っている刺繍糸が足りなくなったという設定にしましょうか」

オーレリアの考えが読めてきた。おそらくは、息子の嫁候補がどんなご令嬢なのか、シルヴィに偵察してこいと言っているのだ。

オーレリアはその生まれもあって、この国の社交界に関わることができない。だから、夫である伯爵から息子の婚約者候補の名前と生家を聞いたところで、どんなご令嬢なのか、全く分からないのだ。

シルヴィは早速頭を巡らせる。

これまでもオーレリアやこの屋敷の使用人たちから頼まれて、シルヴィはよく街にお使いに行っていた。そのためこの聖都の地図や概要はすでに全て記憶され、頭の中に入っている。

（アルヴィン様がご使用になられる軍部近い王宮の門付近で、貴族が使用しても問題のない程度の高級飲食店《レストラン》となると……）

いくつかの店が候補に上がる。シルヴィは一つ頷いた。おそらくは捕捉できるだろう。

この心の痛みはともかくとして、将来アルヴィンの妻になるというその少女には、シルヴィも興味があった。

大切な主人がちゃんと幸せになれそうな相手なのかどうかを、見極めたかった。

そんなことを考えること自体、おこがましいのはわかっているが、これは正式にこの屋敷の女主人であるオーレリアから与えられた任務である。よって、仕方がないのである。

「賜りました奥様。あなたの憂いが晴れる様、尽くしてまいります」

「ええ。よろしくね。シルヴィ」

オーレリアが悪戯っぽくにっこりと笑った。

そして次の日、シルヴィはいつもの執事見習いのお仕着せではなく、オーレリアが用意してくれた、一見貴族の子息に見えるような上等の服を着た。

奥様と同僚の侍女たちに可愛いと一頻《ひとしき》り愛《め》でられた後、屋敷を出て迷いない足取りで真っ直ぐにアルヴィンの勤める王宮へと向かう。

それから王宮内の軍部にほど近い、王宮の中では小さめの門の前で、物陰に身を隠しながらアルヴィンが現れるのを待った。

しばらくして、シルヴィの狙い通り門から出てきたアルヴィンは、憂鬱そうな顔をしている。

それは彼にとっても、突然湧いたこの結婚話が本意ではないことを、明確に表していた。

（……あれ？　なんで私、ほっとしているんだろう）

アルヴィンのその様子にほっと胸を撫《な》で下ろし、そして、そんな風に安堵した自分が最低だとシルヴィは落ち込む。主人の幸せを祈れないなんて、使用人失格である。

アルヴィンは一つの店に向かって歩き出した。そちらもシルヴィが前もって目星をつけておいた店だ。

（格好良い、なあ……）

かつて彼に対し、馬鹿がいると思ったことや、凡庸な容姿だと思ったことが、信じられない。

聖騎士のマントを風にはためかせ姿勢良く歩いていくアルヴィンは、その場にいる誰よりも格好が良かった。

アルヴィンが店に着くと、おそらくはハーシェル子爵と思われる恰幅《かっぷく》の良い中年男性が、腰の低い様子で彼に声をかけた。

シルヴィはすかさず店のそばに行き、窓の外から様子を伺う。

子爵の後ろに立っているのは、楚々とした雰囲気のご令嬢だった。

際立った美人というわけではないが、小柄で愛嬌《あいきょう》のある顔をした、可愛らしい少女だ。

なるほど、フォールクランツ伯爵は、息子の女性の趣味を正しく理解していたようである。

彼女はかつてアルヴィンが言っていた、理想の女性像そのままだった。

きっと彼女なら、アルヴィンも気に入ることだろう。このままこの結婚話は速やかに進むに違いない。

(…………いやだな)

親愛なる主人の、おめでたい話だ。だからきっと自分は、喜ぶべきで。

それなのに胸がずきずきと痛む。呼吸が苦しい。辛くて辛くてたまらない。そして、そんな自分が嫌でたまらない。

彼らの様子を見つめながら、シルヴィは心を落ち着かせようと何度も深呼吸をする。

顔合わせの会食は、問題なく和やかに進んでいるようだ。

一刻も経たずして、アルヴィンが懐から懐中時計を取り出し時間を確認すると、辞去の挨拶をして席を立った。

おそらく仕事の休み時間が終わったのだろう。

彼が店員に言付けをしたのちに店を出て行き、さて、自分もそろそろ名目上の買い物をしてから屋敷に戻らねばと、暗い気持ちでその場を後にしようとした、その時。

それまで穏やかに微笑んでいた子爵令嬢が、突然不機嫌そうに顔を歪めた。

思わずシルヴィは足を止める。令嬢はその顔に苦々しい表情を浮かべたままだ。

それは、この結婚話が彼女にとって不本意であることを明確に示していた。

そして父と共に店から出てきた彼女を、思わずシルヴィは尾行する。

「――本当に嫌だわ。あんな混血と結婚しなきゃいけないなんて」

その少女は憎々しげに父に毒吐いた。『混血』という言葉にシルヴィは目を見開く。

オーレリアから、アルヴィンに他国の血が入っていることに対する偏見があることは聞いていた。だが、こんなにもあからさまに忌避されているとは思わなかったのだ。

「フォールクランツ伯爵家は古き名門だぞ。それに我が家の事業存続がかかった融資《ゆうし》のためには仕方がないんだ」

「わかってるわよ！　お父様が事業に失敗したから、私はお金で買われるんでしょ！　あの野蛮な血が入った男に！」

『野蛮』というのはもしや、あの可憐なオーレリアに対して使われている言葉であろうか。シルヴィは知らぬうちに拳を握りしめていた。

今すぐにでも、苦労の知らなそうなあの滑らかな白い頬を、殴りつけてやりたい。

シルヴィの憤りなど知る由もなく、少女は涙を浮かべ、己の悲運を嘆く。

「しかもあんなパッとしない方に嫁がなきゃいけないなんて……。お姉様は素敵な方と結婚なさったのに……」

「我が家はもうお前の持参金すら出せないんだ。我慢しろ。少なくともフォールクランツ伯爵家は金持ちだ。贅沢はさせてもらえるだろう」

「ひどいわ！　どうして私ばかりがこんな目に遭うの……！　あんな人と結婚したくないわ！　混血なんかと結婚して、娘が神の加護を失ってもいいの⁉」

必死になだめる父に連れられて、しくしくと泣きながら子爵令嬢は帰って行った。

衝撃のあまりシルヴィは動くことができず、その場に立ち尽くしていた。

血が滲み出そうなほどに、心が痛い。悲しくて、悲しくてたまらない。

「だから言ったじゃないですかアルヴィン様……。案外ああいう雰囲気《タイプ》の女性の方が、あざとくて強かだったりするんですよって……」

シルヴィはそう呟いて、両手で顔を覆った。

あの少女の本心に気づかないまま、結婚生活を送れるのなら、それでいいのだろうか。

それで、幸せなのだろうか。

「………そんなの、いやだ」

だって、アルヴィンは夢を持っていたのだ。愛し愛される相手に純潔を捧げて、生涯幸せな結婚生活を送るのだ、と。

あんな風にアルヴィンやオーレリアを見下し、蔑《さげす》む様な相手に、その愛を捧げて欲しくない。

「……いやだ、いやだ、いやだ」

否定の言葉が口から溢れる。そんなことを思う権利は自分にはないと分かっているのに、それでも彼らの幸せを願わずにはいられない。

（私なら、絶対に、大事にするのに）

その浅ましい想いを自覚した瞬間、シルヴィの両目から、涙が堰《せき》を切ったようにボロボロとこぼれ落ちた。

ああ、どうしよう。どうしようもなく、気が付いてしまった。

自分は、あの子爵令嬢が羨ましかったのだ。アルヴィンに堂々と近づける、その立場が。

(────私、アルヴィン様のことが、好きなんだ)

そう、大好きだった。優しくて誠実で、素直な心を持ったあの人が。

本当は自身も多くの傷を負いながら、それでも人を慮《おもんぱか》ることのできる、あの人が。

けれど、自覚したところで、どうにもならなかった。

そもそもアルヴィンはシルヴィのことを男だと思っている。実は女だったのだと告白したところで、そもそもシルヴィにはこの国の戸籍すらなく、アルヴィンとは到底釣り合わない。

かといって、本当の生まれが発覚し、聖女だと知られてしまえば、神殿に閉じ込められ、二度と彼に会うことはできなくなるだろう。

シルヴィにとって、現状維持が最も幸せであることは、間違いなかった。

ああ、せめてあの少女がアルヴィンを幸せにしてくれそうな人だったのなら。この想いにも、ちゃんと諦めがついたかもしれないのに。涙が、止まらない。

そして、このことをオーレリアにどうやって伝えればいいだろう。

あなたのことを『野蛮』だと言っていた、などと、あの優しくて美しくて気高い人に、とてもではないが言えない。

アルヴィンの幸せだけを考えるのならば、この婚約は見送った方がいいだろう。だが、そんなことを言う権利は自分にはなくて。

悲鳴を上げる彼女の心に呼応する様に、空を雨雲が覆い始めた。突然の天候の変化に周囲の人々が驚き、空を見上げる。

雷鳴が轟《とどろ》き、大粒の雨が地面を叩き始める。雨を避けようと人々が一斉に走りだした。

けれどシルヴィには降《ふ》り頻《しき》る雨を避ける気力もなく。しばらく雨に打たれるままずぶ濡《ぬ》れになって、その場に立《た》ち竦《すく》んでいた。

「まあ！　シルヴィ！　大丈夫？」

体が冷え切り、ようやく頭の中も冷えてきたシルヴィがとぼとぼと屋敷に帰ると、使用人の皆が慌てて暖かな綿織物《めんおりもの》をもって彼女を取り囲み、その身を包んでくれた。

彼らの優しさに、またもや涙が溢れてくる。

湯を用意してもらい、体を温めて着替えた後、オーレリアに事の次第を報告するため、重い足取りで彼女の部屋へと向かう。

「奥様。帰りが遅くなりまして申し訳ございません」

「そんなことはどうでもいいのよ。雨に打たれたのですって？　ごめんなさいね、シルヴィ」

オーレリアはシルヴィの濡れた髪の毛を優しく撫でて、労《ねぎら》ってくれる。その温かさにまた涙が出そうになるのを、シルヴィは必死に堪えた。

「それで、……その……」

真っ青な顔で必死に言葉を探すシルヴィに、オーレリアは大体のことを察した。

「……そう。ご令嬢は私を義理の母として受け入れそうにはない、ということね」

その声に、感情は一切含まれていなかった。ただ、淡々と事実を受け入れるだけの、事務的な声。不条理に慣れてしまったが故の、諦めの声。

シルヴィは弾かれた様に顔を上げて、そしてまた涙をボロボロとこぼした。

「僕は、オーレリア様が大好きです……！　お優しくて、お綺麗で、素晴らしい方だって！」

泣きながら必死に言い募るシルヴィに、オーレリアは優しく笑った。

「本当にシルヴィは良い子ね。辛いことをさせてごめんなさい。大丈夫よ、わかっているわ。私はちゃんと、私のことが大好きよ」

この屋敷にはオーレリアを敬愛する人間で溢れている。伯爵が愛する妻のために作り上げた、彼女を守る箱庭だ。

「旦那様もアルヴィンも使用人たちも、シルヴィあなたも。みんな私を大切にしてくれる。私を蔑むのは、この屋敷の外の世界だけよ」

それだって聖女が失われた今、いつまで保たれるかわからないけれどね、と言ってオーレリアは意地悪げに笑う。

「同じ、人間なのよ。生まれた国が違うだけで。本当に馬鹿馬鹿しいわね」

これ以上体を冷やさないように早めに休みなさい、と促され、シルヴィはオーレリアの部屋を辞する。

そして自分にあてがわれた部屋へと向かい歩いていると、頭がずきずきと痛み出した。

足元がふわふわとふらつく。色々と難しいことを考えすぎたせいだろうか。

やがては立っていられなくなり、廊下の壁にもたれかかり、シルヴィはそのままずるずると蹲み込んで、意識を失ってしまった。

◇◇◇◇

アルヴィンは、シルヴィと過ごす様になって、いくつかわかったことがある。

一つは、人は楽しくなくとも、笑える生き物だということだ。

けれど、それは所詮口角を上げて目を細めるという表情筋の動きだけで、本当の笑顔ではない。シルヴィはコロコロと表情を変えるが、それは大体計算によるもので、本物であることはそれほど多くない。

アルヴィンはシルヴィを見つめ続けている中で、それらを見抜けられるようになった。

昼に会った、ハーシェル子爵令嬢クラリッサの笑顔など、まさにそれだった。

彼女は全くもってアルヴィンに好感を持ってはいない。必死に隠している様だったが、彼女の目には、明確にアルヴィンへの蔑みの色があった。

(こういう目で見られるのも、久しぶりだな)

屋敷内ではあり得ないし、職場でもアルヴィンのその仕事振りから、あからさまに侮蔑の目で見られることがずいぶんと減っていた。

ちっとも面白くない会食を終え、職場に戻り軽く調べてみたところ、案の定彼女の家はこのところの不況で破産寸前であり、資金援助を求めて父にこの縁談を持ち込んだと言うことがわかった。

おそらくは父もそれを知りながら、この話を受けたのだろう。

そうでもしない限り、混血のアルヴィンがこの国で貴族女性の妻を持つことは、難しいと考えたのかもしれない。

この国は今、困窮している。その中で内需ではなく外需に重きを置いて貿易商をしているフォールクランツ伯爵家は、唯一と言って良いほどに、着実にその財産を増やしていた。

父は若かりし頃、この国の外交官をしており、他国を回っていた。よって、この国の人間らしからぬ感覚を持っていたのだ。

王がこの不況をどうにかしようと造幣量を増やすと言い出したときは、いち早く手持ちの現金を貴金属や宝石、外貨や不動産に変え、案の定その後すぐに起きた通貨膨張《インフレーション》の影響を、ほとんど受けることはなかった。

そしてフォールクランツ伯爵家は、この国で最も安定した資産を持つ家となったのだ。

この国の人間たちは、あまりにも無知であった。このままでは、経済的に追い詰められた貴族によって、悲劇しか産まない縁談が、我が家に次々に持ち込まれることになる。

（――――両親と、話をつけなければ）

これ以上逃げていても仕方がない。アルヴィンの心は、すでに固まっている。

アルヴィンは仕事を早めに切り上げ、雨の降り頻る中、家路についた。

家に着けば、驚いた顔で家令が出迎えてくれた。

「お帰りなさいませ。坊ちゃま。本日はずいぶんと早いおかえりで」

「帰って早々すまない。父と母に話があるんだが、二人は？」

「御在宅です。ですが、まずはお召替えを。体が冷えてしまいます」

促されるままアルヴィンは隊服を着替えると、すぐさま父のいる当主の書斎へと向かう。

そこには父だけではなく、なにやら困った顔をした母もいた。

「お帰りなさい。アルヴィン。今日はずいぶんと早かったのね」

「ただいま帰りました。父上、母上」

父も額を手で押さえ、苦々しい顔をしている。一体何があったのだろうか。

「あの、父上、母上。例のハーシェル子爵家のご令嬢との縁談ですが……」

「ああ、すまないがアルヴィン、あれは無しだ」

あれだけ結婚の話を進めたがっていた父の、突然の変心に何かあったのかとアルヴィンは首を傾げる。だが、これで自分で断る手間が省けたことはありがたい。

「お前にはもっと、良い結婚相手を探す。悪かったな」

「いえ、結構です。私は結婚をするつもりがありませんので」

きっぱりとした言葉に、父と母がはっと顔を上げて、アルヴィンの目を見る。おそらくはその声に息子の覚悟を感じたのだろう。

「……父上、母上。申し訳ございません。私はもう、この家を継げません」

「なんだと。どういうことだ？」

父の静かな、けれども威圧感のある声に、アルヴィンの背筋が伸びる。母も真っ青な顔をして、アルヴィンを見守っていた。

両親を悲しませることは、辛く、苦しい。だがアルヴィンの性格的に、これ以上自分の心を偽ることはできなかった。

「愛する人がいます。彼は、おそらく私のことなどなんとも思ってはいないでしょうが」

息子の使った『彼』という代名詞に両親は息を呑む。それで全てが理解できたからだ。

「それでも私は……もう、彼以外を愛せないのです」

息子の告白に、母は祈るように目を瞑り、父は深いため息を吐いた。

息子は優しく素直だが、昔から自分で決めたことは、頑として絶対に覆《くつがえ》さない子だった。

「……そうか。わかった。お前がそう決めたのなら、仕方がない。そのままでいるがいい。結婚せずともこの家は継げるだろう。その後のことは好きにしろ。どうせその頃には私はもう死んでいるだろうし、家など所詮は形にすぎん。潰れるときは潰れるものだ」

「……そうね、あなたが幸せなら……」

「申し訳ございません」

両親の愛に、アルヴィンの目がわずかに潤む。

それからアルヴィンは深く、深く頭を下げた。母がくすりと笑う。

「まあ、仕方がないわね。あなたの息子ですもの」

他国民だとわかっていて、この国で苦労するとわかっていて、それでも逃してはくれなかった夫に、オーレリアは笑いかける。

「……それもそうだな」

夫も困ったように笑った。仕方がない。恋に落ちてしまったフォールクランツ伯爵家の男は、どうにもならないのだ。

「それで、アルヴィン。あなたの恋した相手は誰なのかしら？」

おおよその想像はつきながらも、オーレリアはワクワクとしながら、息子を問い詰める。

(きっと大事そうに抱えて連れてきた、あの子なのでしょうけれど)

聞かれたアルヴィンが困ったように眉毛を下げた。その時。

控えめなノックの音が聞こえた。フォールクランツ伯爵が入室を許可すれば、執事が困ったような顔で入ってくる。

伯爵の信頼の厚い、弁えた男だ。こうして家族団欒《だんらん》の場に、さしたる理由なく割り込んでくるような男ではない。何かあったのかと伯爵は眉を上げる。

「どうした？」

「申し訳ございません。旦那様。医師を呼ぶ許可をいただきたく」

「……誰かに何かあったのか？」

嫌な予感がして、アルヴィンが聞けば、執事は混乱した様子で口を開いた。

「シルヴィが高熱を出して倒れまして」

「なんだと！」

「なんですって⁉」

アルヴィンとオーレリアがすぐさま立ち上がり、同時に声を上げる。

それで伯爵も、アルヴィンの恋の相手を大体理解する。

「私の許可など取らずとも良い。はやく呼んでやりなさい。それで、シルヴィの容態は？」

すぐにでも部屋を飛び出して行こうとする妻と息子を制し、伯爵が問えば、執事はまだ混乱しているようで視線をそわそわと落ち着かずに動かしている。

「どうした。シルヴィに何かあったのか？」

「は、はい。あの、それで、シルヴィがひどく汗をかいていたので、気を利かせた侍女が着替えさせようとしたのですが……」

その後に続いた執事の言葉に、フォールクランツ伯爵一家は一様に目を丸くした。

◇◇◇◇

この屋敷に帰ってきてから、恐縮するシルヴィに無理やり割り振った客室の一室。

そこの中央に置かれた寝台には発熱のために、真っ赤な顔をして眠るシルヴィがいた。

フォールクランツ伯爵家の掛かり付け医師の診断は、風邪だった。元々軽い風邪を引いていたところ、体を冷やしたことで急激に病状が悪化したのだろうと。しばらくゆっくり休めば問題ないとのことだった。

アルヴィンは彼女を起こさぬよう、そっと足音を立てずに近づく。

シルヴィは体を締め付けない形のシャツを着ている。

そして、呼吸が苦しくない様にと大きく開かれた襟から伸びている、アルヴィンの片手で簡単に折れそうなくらい細く白い首には、本来男であるならばあるはずの、喉仏がなかった。

道理でいつも高襟の服や首環《チョーカー》などで首元を隠していたわけである。

執事の言う通り、シルヴィが女性であることは、偽りのない事実であったようだ。

これまで一年以上そばにいて、全く気がつかなかった自分の迂闊《うかつ》さに、アルヴィンは頭を抱えてしまう。

（私の悲壮な覚悟を返せ……！）

心の中で思わず恨み言を吐き出すが、シルヴィの苦しげな表情と呼吸に、心配でそんな恨みはすっとんだ。その苦しみを代わってやりたくて、アルヴィンの胸が締め付けられる。

汗に濡れた金糸をそっと撫でてやれば、シルヴィは小さな呻《うめ》き声《ごえ》を漏らして、うっすらとその目蓋を上げた。きれいな青空の色がそこから覗く。

「アルヴィン……さま？」

かすれた細い声で、シルヴィが彼を呼ぶ。それだけでアルヴィンはなにやら泣きそうな気持ちになってしまった。

「……大丈夫か？」

「ご心配をおかけして、申し訳ございません……。大丈夫、です」

意思の強さをあらわすようにいつもきりりと上がっている形の良い眉を、しょんぼりと下げて詫《わ》びるシルヴィに、アルヴィンは首を横に振ってやった。

そう、シルヴィの育った環境を思えば、彼女が性別を偽っていた理由がわかるというものだ。

彼女は自分の身を守るために、男の格好をしていたのだ。あの街で、これだけの美貌で、女として生きるのは非常に危険だ。生き残るための術であったからこそ、シルヴィの男装は完璧だったのだ。

「シルヴィ、お前、女だったんだな……」

それでも少し咎《とが》めるような口調になってしまったのは、これまで全く気付けなかった自分が、少し情けなくて、恥ずかしかったからで。

「あ、ばれちゃいましたか」

「ずいぶんと軽いな！」

もっとこう、重大な秘密が明るみになってしまった悲哀などがあるかと思いきや、いつものシルヴィである。アルヴィンはガックリと肩を落とした。

「黙っていて申し訳ございません。今更実は女でしたと言うのもなんだか憚《はばか》られて」

「そこは言ってくれ。全くもって気づかなかった自分の馬鹿さ加減が身に染みる」

「アルヴィン様の、そういう迂闊《うかつ》なところが大好きです」

「……っ！　だから、そういうことを気安く言うな！」

（もしかして私に気があるのかと、勘違いしてしまいそうになるではないか……！）

病床にあっても相変わらずの小悪魔ぶりである。アルヴィンの気も知らないで、そんな残酷なことを、この娘は平気で言うのだ。

それでなくとも、突然シルヴィとの間にあった大きな壁が一つなくなったのだ。アルヴィンの心は浮ついていた。

「では他に、何か私に黙っていることはないか？」

「ええと。実は十四歳じゃなくて、十八歳です」

「まさかお前、年齢までサバを読んでいたのか！」

「だから申し訳ございませんでしたって。男装すると実年齢より下に見えるんですよねぇ」

「軽い！　軽すぎるぞ！」

（ということは、もう普通に結婚ができる歳ではないか！）

さらにもう一つあった壁《ネック》すらもなくなってしまった。

アルヴィンの中で、一つの決意が固まる。

それから、彼女が女性だと聞いて、どうしても知りたかったことを聞いてみる。

「……シルヴィ。お前の、本当の名前は？」

彼女が名乗っていた『シルヴァス』という名は男性名である。つまりは偽名だろう。アルヴィンは彼女の本当の名が知りたかった。本当の名前で、呼びたかった。

観念したシルヴィは、少し恥ずかしそうにしながらも小さな声で教えてくれた。

「『シルヴィア』……です」

「シルヴィア……シルヴィアか。なんだ、案外そのまんまだな」

「悪かったですね。ちなみに愛称もそのままシルヴィですよ」

「そうか。……でもお前によく似合う、とても綺麗な名前だ。シルヴィア」

大事そうにその名を呼んで、綻ぶように笑うと、アルヴィンはいつものように、彼女の金の髪を優しく撫でた。

その温もりに、シルヴィアの心の鎧《よろい》が剥《は》がれ、体が大きく震える。

「……っ！　ごめんなさい。ごめんなさい。アルヴィンさま」

そして、それまでの強気な態度が嘘のようにか細く震える声で、シルヴィは詫び始めた。

ぽろぽろと、彼女の両目から宝石のような涙が溢れる。

感情が激したせいか、また熱が上がり、意識が朦朧《もうろう》としてきているようだった。

（――ああ、本当に可愛い）

ずっと見てみたかった、シルヴィアの泣き顔。初めて見たその表情に、アルヴィンは満足し、思わずまた頬が緩みそうになって、慌てて引き締める。

こんなところで笑ってしまったら、きっと後で叱られてしまうだろう。

「だましていて、ごめんなさい。アルヴィンさま。わたし、ほんとうは……」

言葉遣いも女性のものへと変わっている。おそらくはそれが本来の彼女の口調なのだろう。

そして混濁した意識と共に消えてしまった彼女の言葉を拾って、アルヴィンは目を見開き、それから瞑目《めいもく》した。

「私のせいで、ごめんなさいね」

次にシルヴィアが目を覚ますと、いきなり涙目のオーレリアに抱きつかれた。

どうやらオーレリアはシルヴィアが熱を出したのは自分のせいだと考え、自責の念に駆られているらしい。

ちゃんと雨を避けて帰ればよかったものを、うっかり感傷に浸って雨に打たれて帰ってきた上で間抜けにも風邪をひいたシルヴィアは、明らかに自業自得である。

全くもって、オーレリアには非はなかった。

己の軽率な行動で多くの人に迷惑をかけてしまったと、むしろ恐縮してしまう。

「奥様のせいではございません。ご迷惑をおかけして誠に申し訳ございません」

「ねえ、シルヴィ。奥様なんて他人行儀に呼ばれると悲しいわ。これからはぜひオーレリア、もしくはお義母《かあ》様って呼んでちょうだい」

「…………はい？」

何やらオーレリアの言動が普段にも増しておかしい。自分が寝ている数時間の間に一体何があったのか。シルヴィアは震え上がる。

しかも眠っている間に侍女が着替えさせてくれたのだろう。それまで着ていたはずの男性のシャツではなく、ひらひらとした肌触りの良い絹のネグリジェを着せられていた。慣れない柔らかな感触が妙に落ち着かない。

これはもう、性別がバレていることは間違いない。

おそらくすでにこの屋敷中の人間が、シルヴィが女であることを把握していることだろう。

前回、目を覚ました時に、高熱のせいで所々曖昧だが、アルヴィンに性別と年齢を告白して必死に詫びたことも覚えている。

女々しくしくしくと泣きながら彼に縋って謝っていた自分も思い出し、羞恥のあまり寝台の上をごろごろ転がりたくなるが、それはともかく。

(これで、従者も執事見習いもクビかな。動けるようになったら、出ていかなくちゃ)

身長はともかく、十五歳になろうという少年が声変わりもしていないことが、そもそも異常なのだ。これまで男だと誤魔化してこられたこと自体が、奇跡に近い。

つまりはどっちにしろ時間の問題であったのだ。どうしたって、近いうちに女であることは発覚し、シルヴィアはここから出ていかなければならなかった。

ただ、それが、今であったというだけだ。

アルヴィンもフォールクランツ伯爵家も、シルヴィアにしっかりと給金を払ってくれていたので、しばらく食べていける蓄《たくわ》えはある。きっとここを出ても、なんとかなるだろう。

「シルヴィ。お医者様に処方していただいた薬湯があるのよ。飲めるかしら?」

「あ、はい。いただきます」

するとと何故かオーレリアがてずから薬湯を杯《さかずき》に入れ、シルヴィアに手渡してくれる。

「あ、あの！　奥様！　自分でできますので」

「ダメよ。自分が帰るまでしっかりシルヴィの面倒をみてやってくれって息子に頼まれているんだもの」

そしてオーレリアが杯をシルヴィアの口元に運んでくれる。

仕方なくシルヴィアは杯の縁に口をつけ、傾けられるまま、その中身を飲み込む。液体が喉を通っていくのがしっかりとわかるほどに、苦い薬湯だった。

思わず眉を顰《ひそ》めてしまうと、オーレリアが楽しそうに笑った。

「ありがとうございます……」

色々なものが削れてげっそりとしつつ、シルヴィはオーレリアに礼を言う。

「いいのよ。あなたはもう、私の娘のようなものだから！」

何やらまた幻聴が聞こえる、とシルヴィアは思った。下がりきっていない熱のせいだろうか。

「……あの、それでアルヴィン様はどちらに？」

「しばらく前に、血相を変えて出て行ったわ。仕事で何かあったのかしらね」

「相変わらずお忙しいですね。アルヴィン様のお体が心配です……」

「大丈夫よ。あの子は小さい時から体だけはやたらと丈夫だったもの。そんなことよりもシルヴィ。あなたは自分の体をまず心配しなさい」

実の母にひどい言われようであるが、確かにこの一年とちょっとそばにいて、アルヴィンが体調を崩した姿は見たことがない。元々頑丈な人なのだろう。

「早く治しましょうね。そして元気になったら、たくさんドレスを作りましょう！」

「ドレス？　奥様……オーレリア様のですか？」

「何を言っているのよ！　あなたのよ！　可愛い生地がたくさんあるのよ。年齢的に私は厳しい色や柄なのだけれど、つい買い集めてしまうのよね」

わくわくと目を輝かせながらそんなことを言うオーレリアに、シルヴィアは慌てる。

「あの！　そんなことをしていただくわけには……！」

「シルヴィはもしかして、女の子のドレスは着たくないとか、何かこだわりがあるのかしら？」

「いえ、特にはございませんが……」

「だったら私の楽しみに付き合ってくださらない？　あなたの女の子らしい姿も見てみたいのよ」

本当は娘も欲しかったのよね、などと楽しそうにしているオーレリアに、これ以上は何も言えず、シルヴィアは困ってしまった。

確かにこんなにも世話になったのだ。この屋敷を出ていく前に、せめて彼女の着せ替え人形になるくらいは、甘んじて受けるべきだろう。

だが、それにしても、とシルヴィアは不思議に思う。

「奥様は騙されていたと、私をお責めにはならないのですか？」

もっと糾弾されても仕方がないと思うのに、だれもシルヴィアを責めないのは何故だろう。

「それはもちろんびっくりしたけれど。わたくし美少年も好きだけれど、男装の麗人も大好きなのよね」

オーレリアらしい言いざまに、シルヴィアは思わず吹き出して笑ってしまった。

「騙そうとしたのではなくて、そうせざるを得ないから、あなたはそうしたのでしょう。だったら私にあなたを責める理由はないわ」

オーレリアといいアルヴィンといい。この屋敷は本当に優しくて温かな人ばかりだ。シルヴィアのように、保身ばかりの俗な人間にはいささか眩しい。

「シルヴィ、疲れたかしら？　少し休む？」

オーレリアがシルヴィアの体を優しく横たえてくれた。まるで子供の頃、母に寝かしつけてもらっていた時のようで、なんだか恥ずかしく、顔を赤らめてしまう。

「いいえ、大丈夫です。むしろ寝過ぎてしまったようで、ちっとも眠れる気がしません」

するとオーレリアは悪戯っぽく笑って言った。

「それならあなたに、私と旦那様のなれ初めを語らせてくれないかしら？」

シルヴィアが笑って頷けば、オーレリアは、楽しそうに話し始めた。

オーレリアがのちに夫となるフォールクランツ伯爵クレイグと出会ったのは、彼女が十二歳の時のことだという。

フォールクランツ伯爵が神聖エヴァン王国の外交官として、オーレリアの生国《しょうごく》を訪れたのだ。そこで、彼は外務の役人であったオーレリアの父と出会い、そして、可愛らしく挨拶をした彼の娘に、一目で恋に落ちたらしい。

「十二歳よ、十二歳。普通二十四歳の成人男性が、そんな小さな子を恋愛対象にする？」

「……それは間違い無く変態だと思いますね」

衝撃のあまり、この家の当主に対しあんまりな本音が溢れてしまった。だがそれを聞いたオーレリアは気にすることなく、コロコロと声を上げて笑った。

「そうよねえ、普通に挨拶をして、お茶を淹れて、目の前にお出しして。「どうぞ」ってにっこり笑っただけなのよ。そうしたらあの人その場で跪いて、十二歳の私に求婚したのよ。頭がおかしい男だと思ったわ」

『もっと大人になったら、私の妻になってほしい』

突然跪かれ、小さな手の甲に口付けをされ、オーレリアは頭が真っ白になったのだという。

もちろんオーレリアはその場で断った。怪しいことこの上なかったし、フォールクランツ伯爵は誠に残念ながら、少女が夢見る王子様的な雰囲気ではなかった。見た目はそう悪くはなかったが、なにぶん地味であった。子供とは残酷な生き物である。

またオーレリアの父も断った。神聖エヴァン王国が排他的な国であることは知っていたし、倍近い歳の差もある。オーレリアが幸せになれるとは、とても思えなかったからだ。

だがフォールクランツ伯爵は諦めなかった。

せっせと神聖エヴァン王国からイザード王国にいるオーレリアに手紙を送り、大量の贈り物とともに年に数回は会いにきて、オーレリアに愛を乞うたのだ。

「何年もよ？　その執念深さには参ったし、笑ってしまったわ」

「それを笑えてしまうオーレリア様の、その大らかさもすごいと思います」

少女愛好であれば、オーレリアが成長すればそのうち興味をなくすと思ったが、オーレリアが年頃になっても彼の愛はまったく変わらなかった。むしろ悪化した。

「なるほど。変態ではなくて純愛だったのですね」

「まあ、そういうことになるわね。それで、私の生涯において、これほどまでに私を愛してくれる人は他にいないのだろうなって、諦めの境地になったわね」

オーレリアの父も、フォールクランツ伯爵の熱意の前に折れ、ちょうどイザード王国の情勢の悪化から愛娘《まなむすめ》を避難させたいという考えもあって、オーレリアを嫁に出すことを了承した。

そして、フォールクランツ伯爵は念願のオーレリアを妻として連れ帰り、今も溺愛している。

妻を害することのないように、徹底して安全な箱庭を作って。

「そういえば、ハーシェル子爵家のご令嬢とアルヴィンの縁談はなくなったわ。安心してちょうだい」

その情報に、シルヴィはほっと胸を撫で下ろす。多少の罪悪感はあれど、あれはアルヴィンもオーレリアも、そしてハーシャル子爵令嬢自身も幸せにしない縁組だった。

「……はい」

「やっぱり結婚には、愛がなくちゃダメよね」

「……はい？」

オーレリアは落ち込んだ様子もなく、にこにこと楽しそうに笑っている。

「旦那様がね、お嫁さんにはやっぱりちゃんと私を敬える娘じゃないとダメだって断ってくれたの。ほら私、旦那様にとっても愛されているから」

なれ初めを聞いただけでも、胸焼けしそうなくらいにオーレリアが伯爵に愛されていることはわかった。きっと彼は少しでもオーレリアを傷つける輩を許しはしないだろう。

「ねえ、私はシルヴィのことが大好きよ。シルヴィは私のことが好き？」

「大好きです！」

もちろん力を込めて即答する。オーレリアは嬉しそうに笑う。

「あのね、シルヴィ。さっきも話したように、フォールクランツ伯爵家の男たちが恋に落ちてしまったら、執念深くて、一途《いちず》で、とっても面倒臭いのよ」

愛する夫と息子に酷い言い様である。だが、やっぱりそんな彼女が大好きである。

「だから、申し訳ないのだけれど。シルヴィにも諦めてほしいのよ」

一体なんの話かわからず、シルヴィアは首を傾げる。すると、執事がアルヴィンの帰宅を告げに来た。

「それじゃそろそろ息子と交代するわね。何か変なことをされそうになったら、大声で叫んでちょうだい。助けに行くわ」

まあ、うちの息子に限って、そんなことができるとは到底思えないけれどね、とオーレリアは笑って部屋を出て行った。

しばらくして、アルヴィンがシルヴィアの部屋の扉を叩いた。

「すまないシルヴィア。ちょっといいか？」

「……あ、はい。どうぞ」

本名で呼ばれることが慣れなくて、妙にこそばゆい。そして、緊張で心臓がバクバクと音を立てる。

扉が開き、アルヴィンらしき人物が部屋に入ってくる。

「…………どうしたんですか？　それ」

アルヴィンらしき、としか言いようがないのは、彼がその両手いっぱいに色とりどりの花を抱えていて、顔が見えないからである。

「女性は花が好きだというから」

「すべての女性とは限りませんが、私は好きですね」

「そうか。それはよかった」

花の向こう側から、彼の笑った気配がした。見舞いの花にしては多すぎだろうと、シルヴィアも笑う。

「本当は宝飾類がいいかと思ったのだが、なにぶん美的感覚に自信がなくてな」

「そうですね。それはやめて正解でしょうね」

「この花は店員に選んでもらったから大丈夫だと思う」

「道理で素敵な花束だなと思いました」

いつもの気負いのないやりとりに、シルヴィアは安堵する。

アルヴィンはシルヴィアに近づくと、その巨大な花束を差し出してきた。

流されるままなんとなく受け取ると、わさっとした花の向こうから、ほっとした表情のアルヴィンの顔が見える。

「ありがとう、ございます。こんなにいっぱい。萎《しお》れないように、早めに活《い》けてもらわなくちゃですね」

花の中に顔を埋めて、その匂いを嗅ぐが、残念ながら鼻が詰まっていて匂いはよくわからなかった。

「──シルヴィア」

その真剣な響きの声音に、シルヴィアは花から顔を上げ、アルヴィンの目を見返した。

「どうなさいました？」

アルヴィンがこれまでになく、緊張した面持ちをしている。おそらくは解雇を言い渡されるのだろう。

全ては彼らを謀《たばか》っていた自分《シルヴィア》のせいだ。アルヴィンが罪悪感を持たぬよう、笑って彼の裁定を受け入れようとシルヴィアは口角を上げた。

「──結婚してくれ」

「……………はい？」

あまりにも想定外の言葉に、記憶力の良いはずのシルヴィアの頭が、理解を拒否する。

「私の妻になってくれ」

「……………なぜ？」

「愛しているからだ」

そんな察しの悪いシルヴィアに苛立《いらだ》つこともなく、アルヴィンはまるで子供に言い聞かせるように辛抱強く愛を語る。

「父も母も受け入れると言っている。だからシルヴィアは何も心配しなくていい。結婚してくれ」

そこでようやく先程のオーレリアの言葉の理由がわかる。彼女は息子からシルヴィアを妻に迎えたい旨をすでに伝えられていたのだろう。

「いつから……?」

わからない。自分はアルヴィンに愛してもらえるような、そんな類の人間ではない。彼の好みからも著しく逸脱しているはずだ。

「多分、出会ってすぐだ。お前のことを男だと思い込んでいる頃から、ずっと好きだった。不毛だと、何度も何度も諦めようとした。だが、諦められなかった」

今日もアルヴィンの言葉は率直だ。シルヴィアの心臓が激しく鼓動を打つ。せめてもう少し婉曲《えんきょく》に言ってほしい。心臓がもたない。

「でも私、難民街育ちで、戸籍もなくて……」

「人間の女性であるだけでも良かったと、両親は涙を流して喜んでいたぞ」

それはとてもではないが貴族の奥方に求める条件ではない。あまりにも許容範囲が広すぎる。ご両親は一体どれだけアルヴィンが女性にもてないと思っているのか。

そして、それでフォールクランツ伯爵家に問題はないのか。

「どう足掻《あが》こうが、どうせ私はもうお前以外愛せないんだ。だから――――」

アルヴィンがシルヴィアの前に跪き、手を取ってその甲に口付けを落とし、懇願する。

「私の純潔を、お前に捧げさせてくれ」

「…………ぶはっ！」

アルヴィンの真剣な表情に、シルヴィアは必死に堪えようとしたが無理だった。

「あはははは……！」

思い切り吹き出して、ひいひい言いながら腹が捩《ねじ》れるほど笑い転げる。

「そ、そんなに笑わなくたっていいだろうが！」

「だって……！　そんな真面目な顔で何を言い出すのかと思ったら……！」

「至って真面目なんだ！　私は！」

アルヴィンが顔を真っ赤にして抗議する。そんな彼が可愛くて愛おしくて可笑《おか》しい。

すると今度はシルヴィアの両目から次から次へと涙がこぼれ落ちた。嬉しい。嬉しくてたまらない。そばにある彼の手に、自分の手を乗せて、きゅっと握りしめる。

「……ください。私、ずっとそれが欲しかったんです」

すると、その言葉を聞いたアルヴィンの顔が、さらに真っ赤に染まった。

「うふふ。アルヴィン様、お顔が真っ赤」

「うううるさい。お前だって、笑うんだか泣くんだかどっちかにしろ」

「だって、どっちも出てきてしまうんですもん。嬉しくて」

「……そうか。嬉しいか。それなら仕方がないな」

そして、アルヴィンの腕がシルヴィアに向かって伸ばされ、そっと花ごとその中に閉じ込められる。

躊躇《ためら》いがちに背中に回される手は、あくまでも抜け出せる程度の優しさで。アルヴィンのそんな生真面目さがまた堪《たま》らなくて。

シルヴィアは一度花束を寝台に置くと、彼の背中に手を伸ばし、ぎゅうぎゅうと力一杯抱きつく。

するとようやくアルヴィンの腕にも力が込められ、その圧迫感に満たされた気持ちになった。

そのまましばらく抱きしめあっていると、なにやらアルヴィンがそわそわとし出した。

「口はダメですよ？　風邪がうつります」

彼の意を正しく汲《く》んで、シルヴィアはそう言うと、そっと目を閉じてやった。

柔らかく温かな唇が、おそるおそるシルヴィアの額に落ちてくる。なるほど、口以外なら鉄板の場所だなぁなどとシルヴィアが考えていると、今度は頬に温もりを感じる。次に反対側の頬。

「シルヴィア好きだ……愛してる」

目蓋に、目尻に、鼻先に、愛の言葉と共に、アルヴィンの唇が優しい雨のように落ちてくる。そして顔中、唇以外の場所全てに余すところなく口付けを受ける。それは彼の執着を感じさせ、ぞくぞくと体が震えた。おそらくは、期待で。

ようやくアルヴィンの唇が離れた時、シルヴィアは力が抜けてしまい、くったりと彼に寄りかかってしまった。

とろんとした目でそっとアルヴィンの顔を見上げれば、彼はぐうっと喉を鳴らして呻く。

「……それにしても、目に毒だな。その格好」

そのままうっとりとアルヴィンの腕の中を堪能していると、シルヴィアが身につけているネグリジェを覗き込み、彼が顔をしかめる。

「おそらくオーレリア様の仕業ですね。私も慣れなくて落ち着かないです。見苦しいですか?」

「なるほど。ならば母には後でお礼を言っておこう。可愛い、最高だ、だが辛い」

「下半身の問題ですか?　それはありがとうございます」

シルヴィアはその特殊な生い立ちもあって、男性の生理現象に詳しかった。

確かに体にわずかに当たるアルヴィンの下半身は、下穿《したば》きの中で非常に苦しそうである。その大きさに若干恐怖を覚えつつも、自分にちゃんと欲情してもらえることは、嬉しい。

「そ、そういうことを言うな……」

顔を赤らめ、小さな声で恥ずかしそうに呟くアルヴィンに、シルヴィアはまた楽しくなってしまい、声を上げて笑った。

陽の光が窓から差し込んでくる。先ほどまでの嵐が嘘のように、窓の外は静かになっていた。

「ああ、晴れたな」

ふと窓の外を見て、アルヴィンが笑う。そして軽々とシルヴィアを抱き上げると、窓辺へと連れて行く。

「――ほら、綺麗な青空だぞ。シルヴィア。お前の瞳の色だ」

シルヴィアは外の眩しさに目を細める。

そして二人は飽きることなく、そのどこまでも晴れわたる青空を眺めていた。

第五章　夢見ていたよりもずっと

アルヴィンとシルヴィアの結婚は、その身分差もあって前途多難……かと思いきや、非常にあっさりと簡単に進んだ。

フォールクランツ伯爵夫妻からはアルヴィンの言う通り一切の反対がなかった。それどころか大いに喜ばれた。

「息子が結婚をしてくれるだけで万々歳よ。しかもこんなに格好良くて可愛いお嫁さん！よくやったわアルヴィン！」

もともとシルヴィアを可愛がっていたオーレリアは諸手《もろて》を挙げての賛成であり、先日の宣言通り、毎日女装やら男装やら好きなようにシルヴィアを着替えさせては楽しんでいる。

フォールクランツ伯爵は潤沢な資産に物を言わせ、シルヴィアを金策に苦しむとある貴族の養女とし、立派な戸籍まで与えてくれた。

また、できるなら盛大な結婚式はしたくないというシルヴィアの要望を受け入れてくれて、いつものフォールクランツ伯爵邸で、身内だけで軽く祝宴をすることにした。

「人前式《じんぜん》にしよう。神ではなく、大切な人たちの前で永遠の愛を誓いたいんだ」

そしてそんな提案してきたのはアルヴィンだ。神に仕える聖騎士としてどうなのかとも思ったが、シルヴィア自身もさして神を信じてはいないので、彼の意見を受け入れた。

信じる神の違う母を慮ったのかもしれないし、本当は彼自身も神を信じていないのかもしれない。どちらにしろ、シルヴィアはアルヴィンが最も納得できる形で誓えればいいと思っていた。

結婚式に身に着けるシルヴィアの衣装などは、オーレリアが嬉々として準備してくれることになった。

シルヴィアは彼女の息子とは違うしっかりとした美的感覚やその他諸々《もろもろ》において、全幅の信頼を寄せている上に、自分自身も特にこだわりもないため、全てをお任せしている。

準備をしているオーレリアが毎日楽しそうで、シルヴィアも嬉しい。

そして、想いを通じ合せ、晴れて婚約者となったアルヴィンとシルヴィアがどうしているかといえば。

「し、シルヴィア。口付けをしてもいいだろうか?」

「どうぞどうぞ。お好きなように」

どーんとこい、とばかりにシルヴィアが両手を広げて目を瞑ると、おずおずと近寄ってきたアルヴィンがその唇に、そっと触れるだけの優しい口付けをする。

（ですから！　そこ！　もっとこう、ぐっと！）

しばらく目を瞑ったまま待っているが、それ以上にアルヴィンが触れてくる気配はない。

仕方なく目を開けば、にこにこと満足げに笑うアルヴィンがいた。

「…………」

（これだから童貞は……！）

シルヴィアは思わず心の中で毒吐《どくづ》いてしまう。

自分自身も処女なれど、育った環境のせいで男女のあれこれを知り尽くしている身としては、物足りなさを感じてしまう。

唇を合わせるならもっと食らいつくみたいに貪って欲しいし、もっと強く引き寄せて潰れるくらいに抱きしめて欲しい。

（痴女か、私は……！）

そこまで考えて、シルヴィアは羞恥のあまり身悶《みもだ》えた。

アルヴィンはシルヴィアを大切にしてくれている。そのことはわかっている。

忙しい仕事の合間にせっせとシルヴィアに会いに来ては、手を繋いで庭を散策してみたり、お茶を飲みながら談笑してみたり。

結婚まであと数日の恋人同士にしては、それはあまりに清らかなお付き合いであった。

若い男とは、穴があれば入れてみたくなる生き物ではなかったのか。どこまでも紳士で、手を繋ぐだけで幸せそうにしているアルヴィンに、男女のあれこれに必要以上の知識を持つ耳年増のシルヴィアは一抹の不安を持つ。

(結婚後もこのままだったらどうしよう……)

結婚したからには、ちゃんと愛し合いたい。このままでは少々寂しい。

前にアルヴィンがその腕にシルヴィアを抱きしめたときは、ちゃんと体が反応していたようだから大丈夫だと思いたい。

あの街にいた頃は、男女の色事をまるで穢らわしいもののように考えていたのに、それをアルヴィンとするのだと考えると、ちっともそうは思えないから、恋とは不思議なものだ。

今ですらアルヴィンの大きな手で頭を撫でられるだけで、気持ちが良くてうっとりしてしまうのだ。

ならば生まれたままの姿で抱き合ってこの体に触れてもらえたら、一体どれだけ気持ちが良いのだろうと、ふしだらなことを考えてしまう。

(そもそもアルヴィン様は、男女の色事をどれだけ知っておられるのだろうか……)

同じく未経験ながら、その手の知識は明らかにシルヴィアの方がありそうだ。

もしや、来るべきその時には、自分が主導してことを進めねばならないのか、と。

(まあ、それはそれでいいか)

仲良くしていた娼婦たちが言っていたのだ。下手に女に甘やかされて演技してもらっていることにも気づかず自分には技術があると思い込み、勘違いして自分本意な性交をする男よりも、まっさらな童貞の方が自分好みに仕込めるし、上客になると。

（まあ、私が頑張ればいいか）

度胸なら、おそらく自分の方があるだろう。

そして、迎えた結婚式当日。二人の門出を祝うように、空は雲ひとつなく晴れ渡っていた。

オーレリアがシルヴィアに着せた婚礼衣装は、銀糸で薔薇の刺繍が施された白絹《しらぎぬ》と、手編みの精緻なレースをふんだんに使った豪奢なものだった。

若き花嫁に相応《ふさわ》しく、可愛らしく裾が大きく膨らんだドレスは、シルヴィアの華奢《きやしや》な体によく似合っていた。

「ああ、シルヴィア。なんて美しいんだ……！」

一目見るなりアルヴィンが感極まった様子でシルヴィアを称《たた》えてくれる。

元々言葉を惜しむ男ではないので、想いを通じ合わせて以後は、こうして真っ直ぐに愛を伝えてくれるのだ。

シルヴィアはいまだに慣れなくて照れてしまう。

そして、僅かな参列者の中に、懐かしい姿を見つけて、シルヴィアは走り寄る。

「エイダ姐さん！」

「シルヴィア……！」

一年以上ぶりに会えた、シルヴィアの家族と言っていい、唯一の人。

その豊かな胸に顔を埋めれば、涙が溢《あふ》れ出《で》そうになる。

「こら、泣くのは早いわよ。私の可愛い子」

「だって！　まさか来てくれるとは思っていなかったから……！」

「あなたの旦那様になるアルヴィン様が、わざわざ呼んでくださったの。シルヴィアの家族はあなただけだから、是非参列して欲しいってね。旅費から何から全てお膳立てされたら、断れないでしょう？」

シルヴィアが驚いてアルヴィンを振り向けば、彼は照れ臭そうに笑っている。

シルヴィアはそのまま思い切りアルヴィンに抱き付く。

「ありがとう！　ありがとうアルヴィン様！」

本当はエイダにも参列してもらいたかったが、距離やその身分もあって、無理だろうと最初から諦めて口に出せずにいたのだ。

「喜んでもらえて、よかった」

アルヴィンも笑み崩れる。多少の無理はしたが、妻のその顔が見られただけで報われた気分になった。

「エイダ姐さんも、この国を出て行っちゃったのかと思った」

「親が難民なのであって、私自身はこの国で生まれ育ったからね。今更帰れる場所なんてないのよ。……だから、この国で骨を埋めるわ」

故郷とは、一体なんであろうかとシルヴィは思う。生まれた場所か、それとも血か。

「それにしても、うまいことやったじゃないの、シルヴィア。良い旦那さんだわ」

ニヤニヤと笑いながら言われ、『良い男だから、旅の間に誑《たら》し込め』というエイダの言葉を思い出したシルヴィアは下を向いて顔を赤らめる。

当初はそんなつもりは全くなかったのだが、図らずもエイダの言葉通りになってしまった。

「いえ、うまいことやったのは私ですよ。こんなに素晴らしい妻を得られて」

それに続くアルヴィンの自慢気な言葉に、さらに顔が熱くなる。

「……アルヴィン様に感謝いたします。どうか、私の可愛い娘をよろしくお願いいたします」

エイダは寄り添う二人を見て、その美しい猫のような目を細めると、嬉しそうに笑って深く頭を下げた。

そしてアルヴィンとシルヴィアは、親しい者たちからの惜しみない祝福の中、永遠の愛を誓い合った。

きっと世間的には、褒められた婚姻ではなかったのだろう。だがそれでも二人は幸せだった。

祝宴は賑やかに行われ、やがて、夜が来て。

婚礼衣装を脱いだシルヴィアはゆっくりと湯に浸《つ》かり、そして、薔薇の香油で入念に肌の手入れをする。

本来は侍女に頼むことなのだろうが、どうしても未だに自分の世話を他人にさせることに抵抗があり、大概のことは自分でしている。

それから、夫婦の部屋へと向かう。

これまでアルヴィンの使っていた部屋が、そのまま夫婦の部屋となった。

シルヴィアの好きなように改装して良いと言われたので、オーレリアに相談しつつシルヴィア好みの木目の家具の多い、落ち着いた雰囲気の素朴《シンプル》な部屋にした。

そして新たに搬入された夫婦用の大きな寝台の上で、先に湯を浴びていたアルヴィンが、緊張した面持ちで妻を待っていた。

「アルヴィン様……」

その姿を見た途端にシルヴィアも緊張してきてしまい、名前を呼ぶ声が上擦る。

するとアルヴィンが振り向いて、ほんの少し困ったように笑った。

その笑顔に誘われるように、わずかに震える足を必死に動かして、寝台へと向かう。

そしてアルヴィンの隣にそっと腰掛けた。きしりと小さく寝台が鳴って、否応《いやおう》なしにこれから始まることを意識してしまう。

そして、まさに本日夫婦になったばかりの二人は向かい合う。

二人とも、これから甘い夫婦の時間が始まるとは到底思えない、戦場に向かう兵士のような決死の表情だ。

さて、まずはどうしたら良いだろうかとシルヴィアが頭を巡らせると、アルヴィンがようやく口を開いた。

「シルヴィア。お前も知っているように、私は初めてだ」

「あ、はい、そうですよね」

明らかに返事を間違えたような気がしつつも、シルヴィアは答える。

「いろいろと参考資料を読んで、それなりに知識を蓄《たくわ》えてきたつもりだが、こうして実際に女性に触れるのは初めてで、正直自信がない」

今日も夫は素直である。だがシルヴィアは彼のそんなところが、ずっと前から大好きだった。

そして、その参考資料とはやはり男性向けの艶本《えんぽん》のことであろうか。あれはかなり誇張した表現が多いので、できれば鵜《う》呑《の》みにして欲しくはないのだが。

「――だから、教えてくれ。良いものは良いと、嫌なものは嫌だと。私はお前の言葉を信じる」

目頭が、熱くなった。奇跡のように誠実なこの人が、愛しくて仕方がない。

「はい。ではアルヴィン様のしたいように、私に触れてみてください。嫌だったら、ちゃんと嫌だって言いますから」

すると、安堵したようにアルヴィンは微笑み、そっと手を伸ばし、シルヴィアの頬に触れた。

かつて凡庸だとこき下ろした顔が近づいてくる。今ではこの恋心のせいか、見れば見るほど格好良いと思ってしまう。

目を伏せれば、そっと温もりが唇に触れる。男の人でも唇は柔らかいのだと、アルヴィンの唇でシルヴィアは知った。

触れては離れ、また触れて。それを繰り返しているうちに、心地よさに頭の芯が痺れるような感覚になり、ぼうっとしてしまう。

しばらくしてようやくアルヴィンの舌が、恐る恐るシルヴィアの口腔《こうこう》内に入り込んでくる。ずいぶんと勇気を必要としただろうそれに、思わずシルヴィアがびくりと小さく体を震わせる。

するとアルヴィンは、すぐにその舌を引っ込ませてしまった。

(逃してたまるもんですか)

シルヴィアは両手でアルヴィンの頬を包むと、逆にぐっと深く口付けて、後を追うように自分の舌を彼の口の中に必死にねじ込んだ。

「んっ……!」

驚いたのだろう、彼はわずかに呻いてその柔らかなこげ茶色の目を丸くする。シルヴィアの大好きな、落ち着く色。いつまでだって見ていられる、優しい色。

アルヴィンの舌が、それに応えるようにシルヴィアの舌に絡みつく。

必死に互いの内部を確かめ探り合ううちに、唾液が溢れ、ぐちゅぐちゅと卑猥な音が響きだす。不思議と息が上がり、呼吸が苦しくなってきたところで、つうっと銀糸を引きながらアルヴィンの唇が離れた。

少しだけ赤く腫れぼったくなったその唇が、少しおかしくて、シルヴィアは微笑む。

するとアルヴィンの頬が真っ赤に染まった。ああ、本当にこの人は可愛くてたまらない。

「煽らないでくれ。ひどいことをしてしまいそうになる」

「してもいいですよ？　ひどいこと」

「嫌だ。私はお前に優しくしたいんだ」

そしてシルヴィアの体を確かめるように、手のひらを這わしていく。

頬から首、肩、胸、腰と、体の線に沿って。

彼の指先が敏感な場所に触れると、つい小さく体を跳ねさせてしまうのだが、そのたびにいちいちアルヴィンが「いやか……？」と心配そうに聞いてくるので、面倒になってきたシルヴィアは、とうとう言い返してしまった。

「違いますよ！　気持ちが良いんです！　アルヴィン様に触られるとどこもかしこも気持ちが良くなっちゃうんです！　恥ずかしいので毎回毎回聞かないでください。……ちゃんと嫌だったら嫌ですって言うので、どうか、あなたの好きなように触ってください」

むしろ羞恥に耐えられずシルヴィアが提案すると、アルヴィンの喉仏がこくりと小さな音とともに上下した。

それから彼は震える指先で、シルヴィアの夜着のリボンを解いていく。

あまりにももたついているので、いっそ自分で解いてしまいたくなったが、男の浪漫《ろまん》的なものがあるのかもしれないと思い、堪える。

やがて全てのリボンが外され、ぱさりと夜着が肌を滑り落ちた。

ランプの光に浮き上がるシルヴィアの白い体に、アルヴィンが目を細めて見惚れる。

「ああ、美しいな。妄想以上だ」

想像ではなくて妄想なのかと思わずシルヴィアは笑ってしまいそうになり、これ以上雰囲気を壊さないよう必死に堪える。

そして、アルヴィンはその大きな手のひらでシルヴィアの背中を支えると、ゆっくりと押し倒して寝台に沈める。その手つきの丁寧さに、またシルヴィアの目が潤む。

彼の行動の一つ一つが、シルヴィアが大切だと物語っているようで。

「す、すまん。いやか？」

聞かなくても良いと言ったのに、シルヴィアの滲む視界にまたしても勘違いをして、慌てて聞いてくるアルヴィンが、愛おしくてたまらない。

シルヴィアは慌てて首を横に振る。

「違うんです。アルヴィン様が好き過ぎて、なんだか涙が出ちゃって」

「――っ！」

アルヴィンが息を呑み、それから困ったように軽く頭を掻《か》いた。

「……シルヴィア、お前はいつも私を惑わす小悪魔だ」

だが、言葉の内容とは裏腹に、その表情は実に幸せそうで。きっと、自分は小悪魔のままで良いのだなとシルヴィアは思う。

それからアルヴィンは、自らも羽織っていたガウンを脱ぎ捨てる。

「………っ！」

今度はシルヴィアが言葉を失い、彼の体に見惚れる番だった。

（なんて綺麗なの……）

聖騎士としての日々の鍛錬のおかげで、アルヴィンの均整の取れた身体は程よく筋肉が付き、まるで彫刻のように美しかった。

あまりにもじっとシルヴィアが見ているからだろう。恥ずかしそうにアルヴィンが耳を真っ赤にしている。

「あんまり見るな。恥ずかしい」

「だって、アルヴィン様が綺麗なんですもの」

手をのばし、ぺたぺたと彼の胸筋に触れる。思ったよりも柔らかい。筋肉は力を込めなければ案外柔らかいのだと、筋肉男が好きな姐さんが言っていたことを思い出す。

「よく言うな……。お前、ちょっと前までさんざん私のことを、地味だの目に優しいだのとひどいことをいってていなかったか」

「私、元々素朴なものが好きなんですよね。華美なものよりも」

「……なるほど。褒められているんだが貶《けな》されているんだかわからんがな……」

そして、二人で顔を見合わせて笑い合う。昔ながらの軽口に、緊張が解けていく。

「大体『綺麗』っていうのは、お前のようなことを言うんだ」

そして、それ以上シルヴィアが何も言えないように、またその唇を塞ぐ。

今回は躊躇《ためら》いなく、舌が口腔内に入り込んできた。

「んっ！　んー！」

アルヴィンの大きな手が、シルヴィアの慎ましやかな胸を弄る。

ツンとしたわずかなうずきとともにぷっくりと立ち上がったその頂きを、指の腹でそっと撫でられたり、軽く押し込まれたりするたびに、腰が浮いてしまう。

「ひ、あっ……！　あ」

口付けの合間に漏れる、小さな嬌声《きようせい》を、アルヴィンは目を細めて聞いている。

「ああ、柔らかいな。滑らかで、気持ちが良い」

手のひらが大幅に余ってしまう小さな乳房を揉《も》みあげて、頬擦《ほおず》りをするアルヴィンの頭を、両腕で縋るように抱きしめて、シルヴィアは甘い吐息を漏らす。

「ひっ！　ああ……！」

アルヴィンが色を増して硬くなったシルヴィアの乳首をそっと口に含み、舌で転がした。熱く濡れた感触にぞくぞくと腰が痺れ、下腹部がきゅうっと甘く締め付けられる。

「はぁ……んっ……」

シルヴィアが感じていることに自信をつけたのか、アルヴィンが容赦無くその小さな薄紅色の実を甚振《いたぶ》る。歯を軽く当てられたときなどは、思わず高い声を上げてしまった。

「気持ち良いか……？」

今度は否定ではなく肯定を求める問いに、シルヴィはこくこくと頷く。ただただ気持ちが良くて、たまらない。

「それは良かった」

嬉しそうに笑うアルヴィンに、シルヴィアの胸がきゅうっと締め付けられる。

自分本位に性欲を満たそうとする男がいる一方で、こうして相手を満たすことに注力する男もいるのだ。

きっと彼の手の動きは拙いのだろう。けれど、愛しているが故に何よりも心地よいのだ。

「アルヴィン様……。すき」

思わずシルヴィアの口からこぼれた想いに、アルヴィンは虚を突かれた顔をして、耳を赤くする。

「私のほうが、絶対にシルヴィアのことが好きだ」

どうしてこんな時まで張り合うのか。くすくすと思わず声を出して笑うと、アルヴィンがふ

てくされた顔をする。

それから下穿きまで脱いだアルヴィンは、強くシルヴィアを抱きしめた。

生まれたままの姿で触れ合うのは、やはり想像していた以上に気持ちがよかった。

そして、太ももに当たる熱くて硬い彼の欲に、安堵する。

背中に回された手が、次第に下へと移動して、柔らかな臀部《でんぶ》を撫でる。くすぐったくて思わずまた笑うが、やがて脚の隙間に指が伸ばされ、体を硬くする。

そこにあるぴたりと閉じた慎ましやかな割れ目を、そっとアルヴィンが指の腹で撫でる。

「っ！」

思わず一度脚を閉じてしまうが、宥めるように髪を撫でられて、なんとか体の力を抜く。

(大丈夫、この人だけは絶対に、私を傷つけたりしない)

だから怯える必要などないのだ。全て委ねてしまえばいい。

胸の頂きを執拗に弄られながら、何度も繰り返しその割れ目をなぞられるうちに、ふっくらとそこが盛り上がり、蜜を溢《こぼ》しながら開き始める。

ぐちゅぐちゅといやらしい水音を立てるようになったアルヴィンの指先が、割れ目に深く沈み込み、秘された小さく硬い突起を探り当てる。

「――――っ‼」

その瞬間に走り抜けた痛みすら感じるほどの快感に、シルヴィアは大きく体をのけぞらせた。

思わず腰が逃げようとするが、アルヴィンは己の体重でシルヴィアをしっかり拘束すると、その小さな陰核を優しく撫で始めた。

「やっ！　あ！」

わかりやすく、強烈な快感に、高い声を上げて身悶えるシルヴィアを幸せそうに見つめるアルヴィンが憎たらしい。

(アルヴィン様ったら、何でこんなに余裕なの⁉)

正直始まる前は自分が主導しなければならないとすら思っていたのに、すっかりシルヴィアの方が呑まれている。次から次に体内から蜜が溢れ、自分の体とは思えない敏感な反応を示す。

次第に慣れたのか、花芯が疼《うず》き、優しい愛撫《あいぶ》だけでは物足りなくなってくる。

「アルヴィン様。もっと強くても大丈夫ですよ……？」

もう少し乱暴にしてほしくて上目遣いで懇願すれば、望み通りアルヴィンが指先で花芯を強めに摘《つま》み上げた。

「っあああぁっ‼」

頭が真っ白になる。それまでじわりじわりと溜まっていた快楽が一気に弾けるのが分かった。

ビクビクと体を震えさせながら、絶頂に達したシルヴィアが、必死に体内をめぐる快感を逃そうと、アルヴィンにしがみつけば、アルヴィンは強く抱きしめ返してくれた。

「シルヴィア……もしかして達したのか……？」

「……はい。多分」

そして答えづらいことをわざわざ聞いてくる。これはわざとなのか。姐さんたちがたまらないと言っていた言葉責めというやつなのか。アルヴィンはまったく無自覚そうであるが。

「そうか、達したか」

だからそんなに嬉しそうにしないでほしい。シルヴィアは羞恥で死にそうだ。

やがて、シルヴィアが落ち着いたのを見計らって、アルヴィンの指がそこにある蜜口に触れる。その位置を確かめるように、ぐりぐりと指を押し付けられて、腰が震える。

「…………妄想以上に狭いな」

だからそこはせめて想像にしておいて欲しいと思いつつ、シルヴィアは彼を受け入れようと自ら脚を開く。

入りやすくなったからか、アルヴィンの太い指がつぷりと膣内に沈み込んだ。その圧迫感に、息を飲む。

「痛くはないか……?」

太ももに当てられたままの彼の欲望は熱く硬く、苦しそうだ。先端からは何やらぬめる液体がこぼれている。明らかに必死に堪えているのだろうに、それを、おくびにも出さない。

ただただシルヴィアを気遣ってくれる。

「大丈夫です。……ちょっと圧迫感と異物感がありますが」

そんな彼を受け入れてあげたかった。できるだけ早く。

アルヴィンが陰核を刺激しながら、恐る恐るシルヴィアの蜜洞を探る。膣壁を刺激されると、不思議と息が詰まる。

しばらくすると、圧迫感や異物感が減り、彼の指が滑らかに動くようになってきた。

「指を増やすぞ」

「はい……っあっ！」

アルヴィンの指が一本増やされ、強くなったその圧迫感にまた体を硬らせてしまう。

だが、アルヴィンが丹念に優しく解してくれて、そのうちまたその指を受け入れられるようになる。その頃には、シルヴィアは体に力が入らなくなっていた。

「随分と柔らかくなったな。これなら大丈夫か」

「大丈夫、です……多分」

ぐったりとしたシルヴィアに触れるだけの口付けをすると、アルヴィンは彼女の脚を大きく広げさせて、そこに自分の体を滑り込ませた。

「少しずつ、挿《い》れる。痛かったら言ってくれ」

アルヴィンの執拗な愛撫でドロドロに蜜が溢《あふ》れ出したそこに、彼の剛直が少しずつ膣壁を押し広げながら、入り込んでくる。

シルヴィアは意識して息を吐き出し、体の力を抜いて彼を受け入れる。

「は……あっ……！」

痛みよりも圧迫感が酷かった。お腹《なか》が苦しい。やはりアルヴィンのものは一般よりも大きいのではないだろうか。

ずぷずぷとゆっくり入り込んでくる熱い杭《くい》を、シルヴィアの肉壁が抵抗するように締め付ける。

「ああ、やっぱりきついな」

呻くようにそう言って、何かをこらえるように、アルヴィンは唇を軽く噛み締める。

やがてその先端が一番狭い場所に到達する。鈍い痛みがシルヴィアを襲う。

「いっ……！」

縋っていたアルヴィンの上腕に、思わず爪を立ててしまう。彼が動きを止める。

「い、痛いか？　大丈夫か？」

おろおろと慌てるアルヴィンを、宥めるように笑いかける。

「大丈夫です。何をどうしようが、痛いものは痛いんです。一思いにやってください」

シルヴィアの雄々しい物言いに、アルヴィンは吹き出した。

「……お前らしいな。もっと他に言い方はないのか？」

「だって、私だって、あなたに純潔を捧げられて嬉しいんです」

誘惑は、いくらでもあった。母を亡くし自分一人の力では食べていくことができず、エイダの世話になることも心苦しくて、身を売ることを何度も考えた。

けれど、どうしてもできなかった。もしかしたらアルヴィンのことを笑えないくらい、自分は夢見がちなのかもしれない。必死になって守った自分の体を、今、誇らしく思う。

おかげで愛する人に純潔を捧げるなんて贅沢なことを、自分は今、しているのだ。

「痛みくらい、全然大したことじゃありません」

そして、アルヴィンの背中に手を回し、自ら引き寄せる。

それに促されるように荒い息を吐いて、アルヴィンが一気に腰を進めた。

「――――っ‼」

引き裂かれる痛みに、唇を噛みしめ必死に悲鳴を堪える。

自らの腰にアルヴィンの腰がぶつかっていることで、完全に一つになったことを知る。

涙で滲む視界の中で、なぜか罪悪感をにじませるアルヴィンの顔に手を伸ばし、その頬を優しく撫でる。

「うふふ。アルヴィン様の純潔、貰っちゃいました」

「……それは私の台詞《せりふ》な気がするが。大丈夫か？」

「大丈夫かと問われれば大丈夫ではないですが……」

限界まで拡《ひろ》げられた蜜口は、じくじくとひどい痛みと熱をシルヴィアに伝えてくる。股関節が元に戻るか心配だ。けれど。

情けない顔をする彼の顔を両手で包み、引き寄せて口付ける。

「――私、幸せです。ありがとうアルヴィン様」

するとアルヴィンは、小さな唸《うな》り声《ごえ》を上げて、食らいつくようにシルヴィアの唇を奪い返すと、舌を差込みその口腔内を犯し始める。

かつて、シルヴィアが望んだように、強引に激しく。

「んっ！　あ、ああっ……！」

そしてわずかに腰を揺らされて、痛みと甘い何かがシルヴィアを苛《さいな》む。

貪りつくし、ようやく唇を離したアルヴィンは、息も絶え絶えのシルヴィアに笑いかける。

「シルヴィア、お前、私に嘘をついたな」

「なっ……なんです？」

初めての経験にいっぱいいっぱいの中、またアルヴィンが意味のわからないことを言う。

確かに嘘ならいくつかついていると思うが、どれのことだろうか。

「男女の色事など、たいしたことがないと言っただろう？　そんないいものじゃないと」

出会ったばかりの頃、確かに彼に言った。男女の交わりなんてただ欲を吐き出すだけのもので、大していいものではないと。アルヴィンが夢を見るようなものではないと。

「いいものじゃないか。夢見ていたよりも、ずっと」

アルヴィンは汗に濡れたシルヴィアの前髪を手で払うと、その白い額に、口付けを落とす。

「すごい。最高だ。こんな幸せで気持ちの良いことが、この世にはあったんだな」

妄想以上だ、と。またそんなことを言ってアルヴィンが幸せそうに笑うから。

シルヴィアの目から、またボロボロと涙がこぼれた。

そう、幸せだった。誰も教えてくれなかった。これが、こんなに素敵なことだったなんて。

「愛している、シルヴィア」

彼の綺麗な夢を守れたのだと。そう思い、誇らしい気持ちになる。

満たされた心に呼応するように、繋がった場所からじわじわと蜜が溢れ出す。

「大好き。大好きですアルヴィン様」

泣きながらシルヴィアはアルヴィンに愛を告げる。ずっとずっと彼が好きだった。

彼の妻になれる人は、どれだけ幸せなのだろうと、羨むくらいに。

「……動いてもいいか」

妻の愛らしい愛の言葉に堪えきれなくなったのか、余裕のない声でアルヴィンがシルヴィアの許しを乞う。

シルヴィアは微笑んで頷くと、アルヴィンは腰を揺らし始めた。

痛みは依然としてあるが、耐えられないほどではない。そして、しばらくすると、そこに甘やかな感覚が生まれ始めた。

きゅうきゅうと下腹部が切なげに疼き、アルヴィンを締め付ける。ようやく埋められたその場所が、悦《よろこ》んで蜜を溢れさせる。

「あっ、ああっ、やっ……！」

アルヴィンの律動に合わせてこぼれる嬌声。肌を打ち付ける乾いた音と、蜜が掻《か》き回《まわ》される水音。

「シルヴィア……。シルヴィア……！」

荒い呼吸とともに、熱に浮かされたような声で流し込まれる、自分の名前。

まるで耳まで犯されているようだと、シルヴィアは思う。

痛みは遠のき、ただただ、快楽だけが残されていく。

「シルヴィア……すまない……！」

小さな詫びとともに遠慮なく奥に突き込まれれば、被虐的な快楽に、ぞくぞくと肌が粟立《あわだ》つ。

「あっ！　あっ！　あああっ！」

その激しさに意識が飛びそうになる。そして、アルヴィンが一際激しく腰を打ち付けると、シルヴィアの体を潰れるくらいに強く抱き込む。

「――――くっ‼」

そして、息を詰めて小さく呻きをもらす。ビクビクと胎内で彼が脈動しているのがわかる。

温かなものが、胎内に広がっていく。

満たされた思いで、シルヴィアもまたアルヴィンの体を抱き締め返す。

まるで一つになれたような気がして。名残惜しくてつながったままでいると、アルヴィンがシルヴィアの背中を優しく撫でた。

「あぁ。幸せだな」

心の底からそう思っていることがわかる。だって彼の言葉はいつだって率直だから。

「愛している。シルヴィア」

この人は、今日一日で一体何度その言葉を言うつもりなのだろうか。心の中がだだ漏れだ。シルヴィアは思わず笑ってしまった。

「体は大丈夫か。……こうして繋がったままで言う言葉ではないが」

「大丈夫です。こう見えて私、結構丈夫なんですよ」

「前にもそんなことを言っていたな。ではもうしばらくこうしていていいか」

このままでいたいという思いは、一緒だったようだ。

シルヴィアがうっとりとアルヴィンの胸板に頬を寄せ、その鼓動を聞いていると、次第に睡魔がやってきて、目蓋が重くなってきた。

アルヴィンの大きな手が、シルヴィアの汗で重くなった金糸を撫でてくれる。髪を滑る彼の指が気持ち良くて。とうとうシルヴィアは堪えきれず夢の世界に旅立ってしまった。

そんな彼女の満たされた幸せそうな寝顔を、アルヴィンは飽きることなくいつまでも見つめていた。

第六章　自らを助く

「わがフォールクランツ伯爵家はこの国の建国から続く名家でね。なんでも初代は国一番の剣の使い手で、アデレイド女王陛下の側近だったと言われているよ」

フォールクランツ伯爵家では夕食の後、家族団欒の時間がある。

シルヴィアはいつも敬愛する義父と義母に囲まれ、談笑しながら穏やかな時間を過ごす。

新婚だというのに今日も夫の帰宅は遅い。よってしばらくはこの穏やかな時間は続くだろう。

「それはすごいですね。ではこの家は千年以上続いているということですか」

この国の歴史は古い。初代国王であるアデレイド女王陛下は千年前、この国を作った。つまりはこの家は千年以上の歴史があるということだ。

そんな立派な家に、自分のようなものが嫁いで良かったのかという不安は依然としてあるが、こうして義両親に蝶《ちょう》よ花よと実の娘のように可愛がられている身としては、きっと良かったのだろうとしか言いようがない。

生まれたときから父を知らず、母も十二歳の頃に亡くしたシルヴィアにとって、新たにできた家族はほんの少しくすぐったくて、けれどもたまらなく幸せな場所だった。

「先祖が幾度もその身を呈してアデレイド陛下の窮地《きゅうち》を救ったとかなんとか、眉唾物な話がやたらと残っているくらいに、無駄に長く続いている家であることは確かだね」

夫アルヴィンの父である、フォールクランツ伯爵クレイグは、偉大なる先祖をこき下ろしながら楽しそうに笑った。

「お義父様ったら。ご先祖様にその言い方はいかがなものかと……」

「まあ、いいじゃないか。そんな先祖の由来もあって、我が家の長男は代々聖騎士として、神と王に仕えるんだ。だが私はどうにも剣の才能もなければ興味もなくてね。それで両親の反対を押し切って外交官になったというわけさ」

神に愛されし神聖エヴァン王国は、世界で一番素晴らしい場所なのだと、国民の誰もが口を揃えて言う。

だが、他国を知らずして、一番などと安易に称しても良いものか。

「そんなことを考えて、外交官としてこの大陸中を駆けずり回ったんだよ」

この国の人間は歴史の古さからか保守的な考えをするものが多く、クレイグのような感覚の持ち主は少ない。一見穏やかそうな義父だか、実は破天荒な人物なのだ。

シルヴィアは思わず尊敬の目で義父を見つめる。

「シルヴィアも他国に行ってみたいかい？」

「機会があったらぜひ。育った場所が難民街だったので、様々な国の出身者がいて、彼らの故郷の話を聞くのがとても好きだったんです」

「ならば今度、イザード王国にある私の会社の支社に顔出しついでに行ってみるかい？　次期当主の妻として」

「イザード王国にも支社があるんですね！」

「ああ、オーレリアの故郷だからね。もし彼女が故郷を懐かしんだときに、すぐに故郷のものや文化を取り寄せて、触れさせてあげられるようにね」

　つまりは国元に帰す気はないということか。義父《クレイグ》の妻《オーレリア》を逃さないという確固とした意志を感じ、シルヴィアは緩く笑った。オーレリアは夫の執着に恥ずかしそうにしている。

「まあ、確かに大陸中を回ってみても、我が国ほど豊かな国はなかったね。けれど、この国ほど時間の止まった国もなかったよ」

　変化を嫌い、何をするにも初動が遅い。新しい文化も受け入れない。現状に合わない数百年も前の法律を改定することもなくそのままに放置しており、他国より時代の流れに取り残されていることにも気づかない。

　そして、神に愛されているという選民思想に凝り固まって、自らが優れていると思い込んで疑わない。

「この国の人間たちは神の守護にあぐらをかいて、これまで国を発展させるための行動を起こそうとはしなかった。だが、何百年も何千年もなんの変化もないなんて、気持ちが悪いとは思わないいか」

　それじゃまるで家畜のようじゃないか、とクレイグは肩を竦める。

　この国は、あまりにも神という存在に依存していた。だが、そんな風に安穏と生きていられる時代は終わってしまった。

　──神はついに、この国を見放した。

「神なきこの国は、無力だ。この期に及んで、そのことにようやく皆が気づいた」

　まだ他国にこの国に攻め入るような気配はない。だが、それも時間の問題だろうとクレイグは言う。

「だからアルヴィンは今、この国の軍強を推し進めているんだよ。この国は武器の性能からして、他国に大きく水をあけられているからね」

　この国には千年近く戦争が起きていない。だからこれまで国も軍事に力を入れてこなかった。

　だがこれからは、そうは言っていられない。

　やはり夫《アルヴィン》は今、大変な仕事をしているのだと、シルヴィアは嘆息した。

「私はね、本当はあの子を聖騎士になんてしたくなかったんだ。だが、アルヴィンには剣の才能があったし、聖騎士になると言って聞かなくてね」

　伝統を破った破天荒な父と、他国から嫁いできた母。保守的なこの国において、異質な二人。

そんな二人の間に生まれた生真面目な息子は、自分が誰よりも敬虔《けいけん》な信徒となり、王に忠誠を誓うことで、周囲の心ない誹謗《ひぼう》中傷から両親を守ろうとしたのだろう。

（……不器用な人）

父に引き続きアルヴィンまでもが聖騎士にならなければ、フォールクランツ伯爵家の名はさらに貶められたであろうし、アルヴィンが少しでも問題を起こせば母の血筋を理由にされ、蔑まれ、嘲笑されたに違いない。

アルヴィンは両親のために、常に生真面目に生きざるを得なかったのだ。

彼を苦労なく育った坊ちゃんだと、軽率に見下したかつての自分を殴りたい。不条理の中での辛く苦しい日々に、アルヴィンの優しさや公正さは生まれたのに。

「他国がまだ神の威光とやらを恐れているうちに、他国と渡り合えるくらいに国を立て直せたらいいのだが」

少しずつ民は、この時代に生まれてしまった我が身の不運を嘆きつつも、神の守護のない生活を受け入れ始めた。

これからは災害も起こり、戦争も起こりうる、この国の現状を。

「……本来の、人のあるべき姿に戻っているだけだろう」

吐き出すようにそう言って、聖騎士の隊服のままのアルヴィンが、妻と両親の談笑する居間に入ってきた。

「我らは神に祈る前に、自分たちでできることはしておくべきだったということだ」

そんな、格好良さげなことを言いながらも、どうやら今日も一刻も早く妻に会いたくて、着替えをする時間すら惜しかったらしい。

困った人だと思いつつも慌てて席を立ちながら、シルヴィアは喜びに顔を輝かせる。

「お帰りなさいませ。アルヴィン様！」

「ふん。なんだ。もう帰ってきたのか。せっかく可愛い娘と楽しく談笑していたというのに」

クレイグがつまらなそうに鼻を鳴らし口を尖《とが》らせると、アルヴィンは実に心外だと言わんばかりに眉を上げる。

「シルヴィアは父上と母上の義理の娘である前に、私の妻ですからね。しかも新婚です。つまり彼女の絶対的な優先権は私にあります。そのことをお忘れなきよう」

そう言ってアルヴィンは足早にシルヴィアの側に近づくと、彼女の手から飲み途中のお茶を奪い一息に飲み干して、妻の細い腰を抱き、すぐにその場を後にしようとする。

「アルヴィン様、いけません」

まだ義両親に就寝の挨拶すらしていない。ぴしゃりと腰に回された彼の腕を叩き、慌てて逃げようとすると、仕方がないと言うように、義務的に挨拶をする。

「それではおやすみなさい。父上、母上」

「おやすみ。アルヴィン。シルヴィにあんまり無理をさせないようにね」

「アルヴィン、お前、シルヴィアが来てからというもの、本当に面白い子になったなあ……。余裕のない男は嫌われるぞ」

「……うるさいですよ、父上。放っておいてください。いくぞ、シルヴィア」

「はいはい。シルヴィアおやすみ。アルヴィンに嫌なことをされたら殴るなり蹴るなり私に助けを求めるなりするんだよー」

「お、おやすみなさいませ。お義父様。お義母様ぁぁぁ」

義両親へ就寝の挨拶を最後まで言い終える前に、シルヴィアはアルヴィンに居間から連れ出された。なぜそんなに切羽詰まっているのか。

そして夫婦の寝室に連れ込まれると、あっという間に寝台に押し倒される。

「ちょ、ちょっと待ってくださいアルヴィン様！」

いくらなんでもがっつきすぎである。女を覚えたばかりの男は猿になるとエイダから重々聞いてはいたものの、あんまりである。

それでなくとも結婚してから毎晩のように、彼に抱かれているというのに。

彼の手に触れられると気持ちが良くて何もかもがわからなくなってしまうので、シルヴィアは必死に抵抗する。

「落ち着いてください！　大体ご両親に対してなんですか！　あの態度は」

シルヴィアが叱ると、アルヴィンが眉尻をしょんぼりと下げて、言い訳をする。

「だって仕事を終えて家に帰ったらシルヴィアを抱けるんだと思って、今日一日も頑張ったんだ。ご褒美をくれたっていいだろう?」

確かにこのところずっと帰りが遅く、彼が激務の中にいることはわかっていたが、それとこれは別問題である。

「私は夫なのに、なぜ家族の中でシルヴィアと一緒にいられる時間が一番短いんだ……? 納得がいかない……母上はずるい……」

彼の従者をしていた時よりも、妻となった今の方がともにいられる時間が短いのは確かだ。だがそもそも聖騎士のくせに、神と王への忠誠心はどこへ行ったのか。信仰よりも忠心よりも、妻との触れ合いの方が圧倒的に大事だと言わんばかりだ。

その間にもせっせとドレスを脱がせにかかっているアルヴィンの額を、シルヴィアはぺしりと叩く。

「猿じゃないんですから、いい加減にしてください」
「シルヴィアを抱けるなら私は猿でいい」
「真面目な顔で面白いことを言わないでください。人間に戻りましょう」

シルヴィアは手を伸ばし、その柔らかなこげ茶色の髪を優しく撫でる。

「……なにか、ありましたか?」

アルヴィンの動きが止まる。確かにアルヴィンはほぼ毎晩のように盛っているが、今日はいつもよりも妙に焦っているように、そして、何かを恐れているかのように見えたのだ。

シルヴィアの優しい問いかけに観念したように、アルヴィンが目を瞑り、口を開いた。

「近いうち、長期の任務に入る。そうしたら、しばらくはこの家に帰って来られなくなる」

シルヴィアは目を見開く。守秘義務があるから、妻にもその任務の内容は言えないのだろうが、それにしても随分と急だ。

しかも、これだけ思い詰めた様子だと、危険度が高い任務である可能性が高い。

「だから、今のうちに、できるだけ多く、シルヴィアに触れておきたかったんだ」

数ヶ月の夫婦生活で、手慣れたアルヴィンは、あっという間にシルヴィアのドレスのリボンをほどき、コルセットの紐《ひも》もスルスルと解いてしまう。

気がつけば生まれたままの姿にされていた。ずいぶんと器用になったものだと、シルヴィアは遠い目をしてしまう。あんなにも初心《ウブ》だったアルヴィンがずいぶんと昔に感じる。

彼の成長が嬉しくもあり、寂しくもあり。――そして。

(これ以上は、話してくれなさそうね)

アルヴィンは、いつも一人で戦っている。そこは、シルヴィアも入れてはもらえない場所だ。

ならば、彼を元気付け、勇気付けることくらいはさせてほしい。

シルヴィアも手を伸ばし、彼の隊服を脱がしていく。

脱がせてもらうのが嬉しいのか、アルヴィは大人しくされるがままだ。そんな様子も可愛らしい。

「アルヴィン様、ご褒美が欲しいとおっしゃっていましたね？」

「ん？　……あ、ああ」

「じゃあ、こんなのはどうでしょう？」

　アルヴィンの下履きを下ろし、勢いよく飛び出してきたそのものを見つめ、手でそっと触れる。硬く、熱く、そして小さく脈打つそれを。

　少しは見慣れたとはいえ、やはりそこを直視するのは恥ずかしい。そっとアルヴィンを窺《うかが》い見れば、彼も見られるのが恥ずかしいようで、ずいぶんと耳が赤い。

　今日も夫が可愛い。そんな夫のものだと思うと、この雄々しくも生々しいものも、なにやら可愛く思えてくるではないか。

　気合を入れたシルヴィアは、ちろりとそこに舌を這わせた。

「ま、待て！　いきなり何をしてるんだシルヴィア！」

　アルヴィンが思い切り腰を引いて逃げ出す。だめだったのだろうか。

「何って。こうすると男性は喜ぶって聞いていたんですが」

「誰から！」

「エイダ姐さんから。……おいやですか？」

「あの人か……。いや、いやではないんだが、なんだかこう、天使を汚す背徳感が……！」

「誰が天使ですか」

「だからその上目遣いがまた罪深い……！」

「ちょっと黙っていてください。アルヴィン様。集中できないので」

そしてまた彼のものを手で握ると、先をそっと口に含む。

「んっ……。少ししょっぱい……」

それを聞いた瞬間、アルヴィンはものすごい勢いで腰を引き、また逃げた。

「だめだ！　これ以上は、本当にだめだ！」

やはりダメらしい。だがいやではなさそうなので、また挑戦してみようとシルヴィアが思ったところで。

思い切りアルヴィンに押し倒された。そしてお返しとばかりに、その全身を舐《な》められた。

「ひっ！　あっあーっ！」

シルヴィアの弱いところを探して、アルヴィンの熱く濡れた舌が這い、情けない声を上げるしかない。もう、舐められていない場所などほとんどないのではないかというほどに、徹底的に責められた。

やがて内腿《うちもも》に舌が到達する。大きく脚を開かされたが、もう蓄積された快感で体に力が入らず、ぐにゃぐにゃになっているシルヴィアには抵抗ができない。

発情してふっくらとしたその割れ目を、指で押し広げられる。とろりと蜜がこぼれ落ちるのがわかった。

そしてアルヴィンの口が、脚の付け根に近付く。

彼が何をしようとしているのかに気付き、シルヴィアは流石に悲鳴を上げた。

「ダメです！　そんなところ汚いです……！」

必死に逃げようとするが、がっちりと腰を掴まれて逃げることができない。

「なぜ？　シルヴィアだって舐めたのだから、私が舐めたっていいだろう？」

確かにその通りである。シルヴィアは反省した。

そして、下から上へ、秘裂をねっとりと執拗に舐めあげられる。伸ばされた舌先で、花芯を突っつかれ、蜜口に、舌を伸ばされる。

「ひいっ、やっ、ああっー！」

これまでとは比べ物にならない直接的でわかりやすい快感に、シルヴィアの腰ががくがくと震える。舐め取られても次から次に蜜が溢れ出す。

アルヴィンは蜜口に指を差し込み、ぬちぬちとその入り口付近を弄びながら、陰核を舌で転がして、楽しそうに口を開いた。

「ほら、トロトロだぞ。シルヴィア。気持ちがいいか？」

今日も夫は無自覚に言葉責めをしてくる。それに被虐的な悦びが溢れる。

「気持ちいいの……！」

アルヴィンがシルヴィアの反応を見ながら、中を探っていく。敏感なところに触れるたびに、シルヴィアは腰を跳ねさせる。

「ひぃっ……！」

それからシルヴィアが最も反応した場所を、的確に執拗に刺激する。

「や、ああ、あああああ！」

駄々を凝る子供のように、首を左右に振りながら、快感で飛びそうになる意識を必死につなぎとめる。

「――――っ！」

そして、アルヴィンが花芯を吸い上げながら、膣壁を指で強く押し上げた瞬間、シルヴィアは背中を大きく弓形に反《そ》らせながら、声も出せないほどの深い絶頂に達してしまった。

全身を痙攣《けいれん》させながら、アルヴィンの太い指を締め付ける。

するとアルヴィンはシルヴィアが未だ絶頂の波から降りてこられないというのに、また膣内を刺激し始めた。

「今、ダメ……おかしくなっちゃうから……！　あっ、あーっ！」

ヒクヒクと中の脈動を楽しむように弄られ、絶頂が長引く。

ようやく解放された時には、シルヴィアはすでに息も絶え絶えの状況であった。

「シルヴィア、いいか？」

そして、こんな時でもちゃんと許可をとろうとしてくる律儀な夫に、一つ肯いてやる。

未だ絶頂の残滓《ざんし》でひくつく膣壁を、ゆっくりと押し広げながら、アルヴィンはシルヴィアの中に入り込む。

きゅうきゅうと吸い付いてくるような濡れた感覚に、アルヴィンは湧き上がる射精感を必死に堪える。

妻の中を、少しでも長く味わいたいのだ。

一方指とは段違いの圧迫感に、シルヴィアの肌が粟立つ。

背中にゾクゾクとしたものが走り、シルヴィアはまた大きく背中を反らせる。

「ああ、シルヴィアの中は、本当に気持ちが良い」

アルヴィンが幸せそうに目を細める。その瞬間、いつもシルヴィアはなぜか泣きそうになる。

きっとこんなにも求められていることが嬉しいのだろう。

アルヴィンはそんなシルヴィアを強く抱き寄せると、最初は優しく、次第に激しく腰を打ち付ける。

揺さぶられながら、シルヴィアの下腹部にまた快感が蓄積されていく。

「愛してる。愛しているんだ。シルヴィア……！」

耳に流し込まれる愛の言葉に、快感がさらに増していく。

「あっああ！　私も、愛してます……！」

嬌声と共に、必死に愛の言葉を返せば、アルヴィンはさらに激しくシルヴィアの中を抉《えぐ》り、そして、強く抱きしめながら、その欲をシルヴィアの中に吐き出した。

この瞬間が、シルヴィアはたまらなく好きだった。

アルヴィンが入ったままの下腹部を、そっと撫でる。愛しくて愛しくて、たまらない。

（……こんな日々が、ずっと続けばいいのに）

そんなことを願ってしまうくらいに、シルヴィアは深く満たされていた。


それから数日後、予定通り、アルヴィンは家を出た。

「それじゃ、行ってくる」

「はい。行ってらっしゃいませ。どうぞ、お気をつけて」

いつ帰ってくるやも知れない、そんな任務に就いた夫を見送る。

覚悟はしていたが、酷く胸が苦しい。

するとアルヴィンはシルヴィアをじいっと見つめた。その目に焼き付けるように。

「シルヴィア」

「……はい」

「愛している」

その言葉は朝からもう十五回目だ。今日も夫の愛はだだ漏れである。だが、そんなところが、

たまらなく愛しい。

「私も愛しています。ですからどうか、ご無事で早く帰ってきてくださいね」

出会ってから二年近くが経つが、こんなにも長い期間離れ離れになるのは初めてだった。

「……寂しい、です」

思わずシルヴィアが涙と共にそう溢せば、アルヴィンは彼女を引き寄せ強く強く抱きしめてくれる。

シルヴィアは必死でその温もりを、その匂いを堪能する。しばらくは、こうして触れることもできないのだから。

「――――必ず、戻る。待っていてくれ」

アルヴィンは、シルヴィアにそう約束を残して、旅立っていった。

ただの任務のはずだ。かつての聖女探しのように、きっとそこまでの危険はないはずだ。湧き上がる不安に、遠ざかる彼の背中を見つめながら、シルヴィアは自分に言い聞かせた。

そして、アルヴィンが任務に出て以後、シルヴィアはフォールクランツ伯爵邸で、いつものように生活をしていた。

だが、生活の中で少しずつ、違和感が積み重なっていった。

もともとシルヴィアの記憶力は非常に良い。少し部屋の家具の位置が変わっただけでも気付いてしまうほどに。

だからこそ、この屋敷を包む緊迫感に気が付いた。

まずは高価な美術品などが、屋敷から少しずつ消えていった。代わりに安価な複製品が飾られるようになった。

そして、これまで忙《せわ》しなく仕事をしていたはずの義父が、何故かずっと屋敷にいるようになった。

その一方で、シルヴィアは屋敷からの一切の外出が許されなくなった。

どうやらこれは、アルヴィンからの指示であるらしい。自分がいない間にシルヴィアに何かがあったら困るからとの理由だった。

これまでアルヴィンは、シルヴィアの行動を制約するような真似を一度もしたことがなかった。だからこそ、彼が残していったその指示が、にわかには信じられない。

だが実際に、常に義父母や使用人たちの監視があって、シルヴィアは屋敷を出ることができなかった。

義父母も、使用人たちも、皆、一様に落ち着かない様子だ。時折不安げに瞳が揺れている。

「お義母様。このところ皆がおかしいです。何か、あったのですか？」

「何もなくてよ。シルヴィは心配性ね」

シルヴィアは思い切ってオーレリアに聞いてみたが、いつもはシルヴィアに甘い彼女でさえ、何も答えてはくれなかった。

他の誰も、何度聞いても答えをくれない。確かに、何かがおかしいのに。

(やっぱり、自分で外に出てみるしかないか)

シルヴィアは、そう結論づけた。ほんの少しだけ屋敷を抜け出して、外の様子を伺ってみればいい。大したことではないはずだ。

結婚する前は一人でよく買い物に行っていたし、何よりこの街は、抜群に治安がいい。

そしてシルヴィアは屋敷からの脱出を決行した。

深夜、一人で寝るには大きすぎる寝台を抜け出し、最近ご無沙汰だった執事見習いの衣装に着替える。長くなってきた髪の毛は首元で束ね、胸は晒しで潰す。

それから自室の寝室横のサイドテーブルに、オーレリア宛の手紙を残した。

少し留守にすることと、心配しないでほしい旨をしたためた無難な内容のものだ。周囲に気付かれる前に戻るつもりだが、一応は念のために書き残した。

それから自室の扉を開き、そっと抜け出す。

シルヴィアはこの屋敷の全てを、その類稀《たぐいまれ》なる記憶力で把握していた。

どこに何があるのか。見回りは何時ごろに行われるのか。門番の交代は何時なのか。

一人真っ暗な廊下を歩く。五十五歩歩いたところに階段があり、二十三段の階段を降りて左折し百二十五歩歩いた先にある厨房《ちゅうぼう》を抜けたところに使用人用の裏口がある。

そこの鍵は、家令が管理しているが、鍋がしまわれる棚の死角に、何がかあったとき用の副鍵がこっそりと隠されている。

　執事見習いとして働いていたときに、同僚がその鍵を使い、出入りしていたのを見た記憶があったのだ。

　シルヴィアはその鍵を使って、音を立てないように裏口を抜けると、使用人たちが食糧などを買い出しに行く際に使っている荷馬車の荷台に潜り込み、朝がくるのを待った。

　貴族の朝は遅いが、使用人たちの朝は早い。

　計算通り、日の出と共に使用人たちが動き出し、厨房で働く者たちが、食材の調達に朝市に向かおうと、シルヴィアの乗る荷馬車を動かして屋敷の外へと出る。

　屋敷が見えなくなった頃合いを見計らい、シルヴィアは荷台からひらりと飛び降りた。

「よし。脱出成功っと」

　もともと腐ったあの街で生き残るために、どこにいても脱出経路を把握しておかないと落ちつかない性質だった。まさか安全なフォールクランツ伯爵邸においてその習慣が役に立つとは思わなかったが。

　そして、久しぶりに来た街を見渡した。

　街は、シルヴィアが見ないうちに随分と様変わりしていた。かつての賑わいが嘘のように、静まり返っている。

（一体何があったの……？）

道端には疲れ果てたように座り込む、幾人もの浮浪者がいた。かつてアルヴィンとこの街を歩いたときには、一切見なかったものだ。

綺麗に整備されていたはずの街も、ゴミが所々に散乱し、道行く人々は一様に疲れた表情をしている。

なんとかまともに話を聞けそうな相手はいないかとシルヴィアが周囲を見渡したところで、道端に落ちている一人の男に目が留まる。シルヴィアはその男に見覚えがあった。

(――たしか、マクシミリアン様)

この街に初めて来たときに、シルヴィアが散々馬鹿にしてやった、あの男だった。

出会った頃の彼は、自信と清潔感に溢れた色男だった。

だが今の彼は、酷い酒精の臭いに包まれ、目はどろりと黄色く濁っており、だらしなく着崩した服に、ボサボサの髪、見苦しく伸びた髭等、かつての面影はなかった。

他人の顔を間違いなく覚えられ、判別できるシルヴィアでなかったら見逃していただろう。

それほどまでに彼は様変わりしていた。

その姿に抵抗はあれど、聖騎士隊の同僚である彼からならばアルヴィンの情報が得られるかも知れないと、シルヴィアは思い切ってマクシミリアンに声をかけた。

「あの……大丈夫ですか?」

「ああ……?」

呼気にも猛烈な酒精臭がする。思わず顔を背けてしまいそうになるのを、必死に堪える。

「誰だい？　君」

「ええと、あなた、確か聖騎士隊の方ですよね。こんなところで一体どうなさったんですか？」

「なに？　君、僕のことを知っているの？」

かつて彼と顔を合わせた時、シルヴィアは祝祭用のドレスを着ていた。男装のこの姿では、同一人物とはわからないだろう。

「僕、聖騎士隊に憧れていたので。遠目にですが、あなたのことを見たことがあるんです」

聖騎士に憧れる少年という設定を作って適当に言い訳をすれば、マクシミリアンは少し誇らしげに笑い、それから涙をこぼし始めた。どうやら泣き上戸らしい。面倒なことになった。

「ああごめんよ。君の夢を壊すようだけど、僕はもう、聖騎士はやめたんだ」

おそらくそうだろうとは思っていた。こんなところで、早朝から道端で酔い潰れているその姿を見るに。

「ほら、隣国が攻め込んできて、とうとう戦争が始まっただろう？　兵士の数が絶対的に足りなくて、とうとう聖騎士まで前線に駆り出されるっていうからさ。僕は聖騎士を辞めたんだ。だって戦争で死ぬなんて冗談じゃないだろう？」

それを聞いた瞬間。シルヴィアの全身から血の気がひいた。

（戦争……？）

そんな話は、まるで聞いていない。どうして誰も教えてくれなかったのか。

現在の戦況はどうなっているのか。そして、一体どれだけの犠牲者が出ているのか。

シルヴィアが屋敷に閉じ込められている間に、そんなことになっているなんて。

果たしてアルヴィンは、無事なのか。——彼の任務というのは、もしや。

「ああ、なんでこんなことになったんだろうな……。この国はあんなにも平和だったのにな」

髪を掻きむしりながら、喚《わめ》くマクシミリアンに、シルヴィアは何も言えなかった。

この国にはもう、神がいない。聖女は失われてしまった。よって、神は、この国を見放した。

その証拠に、敵国がじわじわとこの国の侵略を始めているのに、神はなにもしてくれない。

もう、何が起きても、人の力でどうにかしなければならないのだ。

この神聖エヴァン王国は、豊かな水源と土壌に恵まれ、凍らない港があり、年を通して温暖な気候だ。神の祟《たた》りさえなければ、真っ先に他国からその土地を狙われるのが当たり前の、豊かな土地だったのだ。

「あの、アルヴィン様は……」

「アルヴィン？　君。あいつの知り合いかい？　あいつなら命じられるまま馬鹿正直に戦場に行ったよ」

「………………！」

一番恐れていたことが、現実となり、シルヴィアの呼吸が止まりそうになる。

（────アルヴィン様。どうして……！）

なぜ彼はシルヴィアに何も言わず、一人戦場に行ってしまったのか。

シルヴィアの心に、絶望がまとわりつく。そもそもこの戦争に、勝ち目などあるのか。

（絶対に帰ると言ったのに）

アルヴィンは今無事なのだろうか。不安でたまらない。

「……どれくらい、敵軍の侵攻は進んでいるのですか？」

問う声が震える。愛する者の無事が不明であることは、こんなにも苦しいことなのか。

戦争が終わるまで、ずっとこんな思いを抱えていなければならないなんて。シルヴィアの目の前が真っ暗になる。

「まだ国境付近で辛うじて食い止めているらしい。でも、なんとか持《も》ち堪《こた》えてはいても、多分時間の問題だと思うよ。戦争慣れしている相手の国とは違って、うちの国は兵士も軍備も足りていない。じりじりと戦線は、このままこの聖都に向かって後退していくだろうね」

こんな戦争、負けるに決まっていると、無駄死にだとマクシミリアンは呻いた。だから自分は逃げたのだと。

「だけど父さんは、聖騎士を辞めた僕に怒り狂ったんだ。我が家に恥をかかせたって。お前は国のために死ぬべきだったたって。……挙げ句の果てに勘当されて、この様さ」

マクシミリアンは泣きながら、乾いた笑いを浮かべた。シルヴィアは痛ましげに彼を見る。

神の加護を失ったと知った国民は、困難にあって、二つに分かたれた。

神に失望し信仰を失った人間と、それでも神を盲信し、縋り、更に信仰にのめりこむ人間と。

マクシミリアンの家族は後者だったのだろう。息子に神と国のためにその命を捧げることを強いたのだ。

「いやだ、僕は死にたくない。こんな情けない姿になったって、死にたくないんだ……」

泣きむせぶ彼に、かつての面影は、やはりなかった。

「――あなたは正しい」

シルヴィアの言葉に、マクシミリアンは涙に濡れた顔を上げる。

「逃げたっていい。死ななくったっていい」

(馬鹿なのは、アルヴィン様だ……！)

すると、それを聞いたマクシミリアンは子供のように泣き叫んだ。

「本当に、聖女様はどこにいっちまったんだよ……！」

その聖女は、図らずも彼の目の前にいた。叩きつけられたその言葉にシルヴィアは息を呑む。

そして、そこで彼女は唐突に、アルヴィンの行動の理由を理解する。

足元から地面が崩れ落ちるような、そんな錯覚に襲われた。

(そうか。アルヴィン様は、知っていたんだ)

おそらくアルヴィンは、知っていたのだ。シルヴィアの正体を。

そして、彼女が正体を隠したままで自由に生きていけるように、何も言わずに戦場へ行った。

戦争が起きることを知ったら、自分が戦場に行くことを知ったら。夫と家族を救うため、シルヴィアが聖女として生きることを選ぶのではないかと、そう危惧していたのだ。だから。

逃げることができない彼は何も言わずに戦場に行き、シルヴィアを屋敷に閉じ込めて、情報を絶たせた。

シルヴィアはマクシミリアンに一つ頭を下げると、すぐさま踵を返し、とある場所へ真っ直ぐに走りだした。

そこは、聖都の中央。信仰の中心。神の座のあるところ。

(馬鹿だ、馬鹿だ、アルヴィン様は、本当に大馬鹿だ)

両目から、次から次に涙が吹きこぼれた。

それに呼応するように空もまた暗い雲が立ち込め始める。

いつでもどこまでも馬鹿みたいに、シルヴィアのことばかり優先して考える。

(――私だって、自分なんかより、あなたの方が大切なのに)

自分の自由など、どうだっていい。それで彼の命が助かるのなら、それで。

シルヴィアは涙をこぼしながら、この聖都の中心にある、大神殿へ向かって、ひた走った

第七章　聖女の真実

やがてシルヴィアがたどり着いた大神殿は、思ったより人が少なかった。

惜しみなく金と宝石が使用された美しい祭壇に、数少ない信徒たちは一心不乱に祈りを捧げている。

聖女の不在を黙っていたことに、神殿は国民から少なからず非難を受けることとなった。

きっと目に見える形で助けてくれなくなった神に失望し、期待しなくなったのかもしれない。

(その神とやらは、どこにいるの？)

袖口でぐいと涙を拭うと、祭壇の奥、神職者たちのみが立ち入りを許されるその場所に、シルヴィアは躊躇《ためら》うことなく向かう。

するとそこにいたシルヴィアと同い年くらいの若い神官が、彼女を見咎《みとが》めた。

「そこの者。ここから先は立入禁止区域です。立ち去りなさい」

シルヴィアは彼に据わり切った目を向け、問う。

「ねえ、神様ってどこにいるの？　呼んでくれる？」

「い、一体何を言っているのです」

このところの情勢で、心を病んでしまった者が多くいた。おそらくこの少年もその類なのだろうと若き神官は思う。

「わかんないならいいや。それじゃ、この神殿で一番偉い人ってだれ？」

だが、不思議と蓮《はす》っ葉《ぱ》な口をきく目の前の少年から滲み出る、高貴な雰囲気に呑まれそうになり、神官はたじろぐ。

確かに思わず見惚れてしまうほどに美しい容姿をしているが、どこかの貴族の家の使用人のものと思われるお仕着せをきたその姿は、ごく普通の少年だ。

それなのに、なぜか圧倒され、畏怖すら感じるのは何故なのか。

「今、この神殿におられる方であれば、ルディアス大神官になりますが」

「じゃあ、その人でいいや。今すぐにここに呼んで」

「一体なんの権利があって――」

「私が聖女だからよ！」

自棄《やけ》っぱちになって怒鳴ったシルヴィアの言葉に、神官が大きく目を見開いた。

その顔がひどく間抜けでシルヴィアは少し笑う。そして、まだ笑える自分に驚く。

ずっと、ずっと隠していた。自分が聖女であることを。

聖女である自分がそばにいれば、神はこの国を守ってくれるという。

だから皆が聖女《シルヴィア》を渇望し探していると知っていて、それでも名乗り出るつもりなど微塵《みじん》もなかった。

それくらいにシルヴィアにとって、こんな国はどうでもよかった。多少の罪悪感は覚えども、そんなもののために、自分を犠牲にして生涯を祈りに捧げて生きるなど、冗談ではないと思った。

だから、こんな風に自分から名乗ることになるなんて、思ってもみなかったのだ。

けれど、聖女であればアルヴィンを救えるというのであれば、シルヴィアに迷いはない。

たとえ、これでもう二度とアルヴィンに会えなくなるのだとしても、彼の命を救えるのならそれでいい。

――この世界のどこかで、彼が幸せに生きていてくれるのならば、それでいい。

騒ぎを聞きつけて、他の神官たちも集まってくる。そして、このままでは埒《らち》があかないと、神殿の中心部へ勝手に入り込もうとするシルヴィアを慌てて拘束し、床に押し付ける。

「離せぇぇぇ……！」

苛立ったシルヴィアが叫んだ瞬間、神殿のすぐ横に落雷が落ちる。

目の前の少年の怒りに呼応するように、外は嵐が吹き荒れていた。突然の天候の変化に神官たちは慄く。

（一体何が……まさか、本当にこの少年がやっているのか？）

「――お前たち、どうしました」

その時、凛《りん》とした声が降ってきた。不思議と全身に響く良い声だ。こんな状況でも、思わず聞《き》き惚《ほ》れてしまうほどに。

シルヴィアは押しつけられた大理石の床から顔を上げる。そこにいたのは、かつて祝福を与えられた、夢のように美しい男だった。

白銀の髪のせいか、若いようにも、老いたようにも見える。緑柱石のような透明感のある緑の瞳は理知を感じさせ、思わず見惚れてしまう。

それまで興奮していた神官たちは、一様に落ち着きを取り戻す

「ルディアス大神官、申し訳ございません！　自分のことを聖女だと言い張り神殿内に侵入を試みる、頭のおかしい少年が――」

神官たちの困り切った顔に、大神官と呼ばれた男はシルヴィアを見やり、そしてその美しい目を驚きに見開いた。

彼の目をシルヴィアは必死に睨《にら》み返《かえ》す。まずはこの男に、自分が聖女であることを認めてもらわねばならない。

（私が聖女だって主張できる、何かしらの証とかがあればいいのに……！）

勢い余ってここまで来たものの、シルヴィアには自らを聖女だと証明できるものなど、何一つないのだ。神とやらに会えれば、なんとかなると思ったのだが。

そもそもどうやって神は、聖女を認識するのか。シルヴィアには妙な痣《あざ》もなければ、妙な力を持っているわけでもない。

けれど大神官は全てを察したように微笑み、シルヴィアの前に来ると、流れるように跪いた。

「その手を離しなさい、お前たち。私がこの子の話を聞いてみましょう」

大神官の一声で、神官たちがシルヴィアの周囲から退いた。

「そんな、ルディアス大神官のお手を煩わせるほどのことでは――」

「迷える方を導くのも私の仕事です。これも何かの縁でしょう」

ルディアスがおっとりと微笑めば、神官たちはほうっと一様に感嘆のため息を吐き一礼する。

「さて、こちらへどうぞ……」

そして解放されたシルヴィアは、促されるままその妖精のように美しい男に付いていく。

祭壇奥の扉を抜け、美しい大理石の廊下をしばらく歩き、下級の神官では入ることが許されない場所なのであろう、神殿の奥で二人きりになったところで、ようやくルディアス大神官はシルヴィアに振り向き、口を開いた。

「なるほど、確かに聖女様であらせられる」

そして、大神官はシルヴィアに、美しく一礼して見せた。

「聖女様。先ほどは大変失礼をいたしました。私は、ルディアス・ウォルフォードと申します」

「……私はシルヴィア」

シルヴィアの簡素な自己紹介に、大神官はまたしても呆気にとられた顔をする。

それから「なるほど」と底冷えのする声でつぶやいた。どうやら何かが彼の逆鱗《げきりん》に触れたらしい。先ほどとは一変した酷薄そうなその目に、シルヴィアの背筋が凍る。

「あなた、なんですぐ私が聖女だとわかったの？」

「一目見れば分かりますよ。そういうものなのです」

なるほど、聖女とは一目見れば分かるものらしい。思わずシルヴィアは自分の体を見下ろす。特に他人と違うところは見当たらないが、神官には聖女を判別するための何らかの技能があるのだろうか。

「私が聖女だとわかってくれたのならそれでいい。早く私をあなたたちが神と呼ぶものに会わせてくれる？」

呑まれてたまるかと、あえてシルヴィアは不遜な態度を崩さない。

「かしこまりました。ですがまずはお召替えを。少々雨に濡れておられますし、そもそも神の御前でそのような格好では困ります」

「なぜ？　別にどんな格好でも良いでしょ」

「いいえ、いけません。なによりも形が大事なのですよ」

大神官の妙なこだわりに不可解な気持ちになったが、下手に逆らい余計に時間がかかるよりは良いだろうとシルヴィアは素直に彼についていく。

「では、こちらへ」

そう言ってルディアスが鉄製の重い扉を開く。その先にある案内された部屋は、美しい女性らしい一室だった。薔薇色の壁に、白木の家具。そして花柄のリネン。

おそらくここは、歴代の聖女の部屋なのだろう。だが採光のために取られたいくつかの小さな窓には、全て頑強な鉄格子が入れられている。――この部屋から絶対に逃さないようにと。

（一見綺麗なだけで、こんなの牢屋《ろうや》じゃないか……）

シルヴィアの全身が震え、肌が粟立つ。もしここで育っていたらきっと、その異常さに気付くこともなかったのだろう。

顔色を悪くしたシルヴィアを見て　ルディアスは嘲笑を浮かべる。

「――さて、それにしても、これまで散々雲隠れしていたあなたが、どうして今頃になってのこのこと出てきたのですか？　今更この国を救う気にでもなりましたか？」

大神官の目には、明らかに侮蔑の色があった。どうやらこの男、柔らかな物腰に反してなかなか良い性格をしているようだ。シルヴィアは警戒を深める。

ただ利用されてやるつもりはない。シルヴィアの目的は、ただひとつだ。

「こんな国、別にどうだっていい」

「おや、ではなぜ？」

「――――私は、私の愛する人を助けるために来た」

真っ直ぐに向いたシルヴィアの目に、ルディアスは微笑む。

それは先ほどまでの侮蔑まじりのものではなく、純粋な微笑みのように見えた。

「愛する人が戦場に行ったの。聖女なら今起こっている戦争を何とかできるんでしょう？　だから私はここに来たんだ」

「……なるほど。ですが、これからあなたが得ようとしている力は、生易しいものではありません。それをお分かりですか？」

「私は自分の夫と家族さえ守れるなら、他はどうだっていい」

「おや、ご結婚をされておいでで」

ルディアス大神官は大袈裟に驚く。シルヴィアは不安になった。

「既婚者は聖女になれないの？　ちなみに私、夫とあんなことやこんなことまで色々としているんだけど、それでも大丈夫なのかな」

神はやはり聖女であることの要件に、純潔を求めるのかと不安になって聞いてみれば、ルディアスは今度はおかしそうに声を上げて笑った。

「何分これまで聖女様が結婚をなさったという前例がないものですから、明確にはお答えできませんね。教義上は生涯純潔であることを謳《うた》われていますが」

それからルディアスは部屋の中にある衣装箱から、白絹の衣装といくつかの装飾品を取り出すと、シルヴィに渡した。

「ではこちらにお召替えを。私は外に出ておりますので」

「……こんなところに閉じ込められたらたまらない。そこにいて後ろを向いていて」

シルヴィアの言葉に「大胆ですねぇ」と小さく肩を竦めると、ルディアスは後ろを向いた。

その間に手早くシルヴィアは着替えた。白絹の衣装はまるで古代の女神像のような意匠《デザイン》だ。その生地の肌触りから最高級品であることがわかる。宝石類も、おそらくは国宝級の品だろう。ズシリと重い。

「終わったよ」

シルヴィアの声に、ルディアスが振り向く。そして、シルヴィアを見ると小さく息を飲み、何かを懐かしむように目を細めた。

「……さて。それでは参りましょうか」

案内されるまま、さらに神殿の奥深くへと向かう。

その間ルディアスは歩きながら、シルヴィアに楽しそうに話し続ける。

「そうですね。神のおわす座に着くまで、少し話をしませんか？　そう、この国の古い古いお話などを。なぜ聖女などという存在が必要なのか。――なぜこの国には、神がいるのか」

それには確かに興味があったので、シルヴィアは頷き続きを促した。

――――かつて、この世界には邪教徒と蔑まれ、虐《しいた》げられた民族がいた。

エヴァンの民と呼ばれた彼らは、自然に宿る精霊を信仰し、使役し、様々な呪術を使う一族であった。

だが、人智《じんち》を超えたその不思議な力を恐れる者たちによって、彼らは迫害を受けていたのだ。

そんな哀れなエヴァンの民を救わんと、ある時一人の少女が立ち上がった。

アデレイドという名のその少女は、特別に精霊に愛された、呪術師であった。

彼女は、精霊の声に従い、エヴァンの民によるエヴァンの民のための新たな国家を作ろうとしたのだ。

そして、彼女は民族を引き連れて、精霊たちが導くまま、エヴァンの民の安住の地だという『約束の地』を求めて旅に出た。

これまでエヴァンの民を奴隷とし、労働力として搾取していた者たちは、それに怒り狂い、彼らの旅を阻もうと多くの兵を送り込んだ。

だが、その兵士たちはその道程で川の氾濫に呑まれ、落雷に打たれ、風に吹き飛ばされ、結局誰一人として、旅をするエヴァンの民の元へと辿り着けなかった

アデレイドは、民を守るため、神にも等しい強大な神霊と契約していたのだ。

自らをエヴァンの民の主神とすることを条件に、その神霊はそのアデレイドの中に宿り、数多の奇跡を起こした。

そして、エヴァンの民たちは、やがてたどり着いた肥沃な大地に根を下ろし国を作った。

こうして、神聖エヴァン王国は誕生したのだ。

「——さて。ここまでは、誰でも知っている建国神話ですね」

神聖エヴァン王国に生まれ育った者なら、誰しもが子供の頃に聞かされる御伽話《おとぎばなし》。

かつてシルヴィアも、母であるモニカに教えられた。彼女は「眉唾物だけれどね」と笑いながら面白おかしく話してくれた。

建国から千年以上が経ち、自然の中に生きることを捨て文明を築いたエヴァンの民は、次第に精霊と通じる能力を失い、今では呪術という概念自体が失われたのだという。

所詮、これらは後世の人が作り上げた都合の良い神話だ。

シルヴィアがそう言うと、ルディアスは皮肉げに笑った。何もかもを馬鹿にするように。

「そうかもしれませんね。けれど、実はこの話には続きがあるのですよ」

そう言ってルディアスは、厳重に錠をかけられた重厚な扉の前で立ち止まる。そして、そばに置かれていたランプに手際良く火を入れる。

それから、その首にかけられていた美しい宝飾品のような銀の鍵でその扉を開けた。

ギギッと重い音を立てて開かれたその扉の奥は、薄暗く細長い廊下が続いていた。その両側の壁には、古い肖像画が何十枚も飾られている。

「…………！」

シルヴィアはそれらをなんとなく見やり、ぎょっとして思わず息を呑んだ。

ルディアスは意地悪く笑いながら歩みを進める。

「ご覧になれますか？　こちらが初代女王アデレイド陛下のお姿です。そして、こちらが二代目聖女様、その隣が三代目聖女様と代々の聖女様の肖像画が、奥まで並んでおります」

そしてわざわざランプを掲げ、シルヴィアにそれら絵をしっかり見せようとする。

シルヴィアの全身が粟立ち、ひどい吐き気が襲う。あまりのことに気が狂いそうになって、思わず大声を上げる。

「一体どういうことなの……!?」

年代によって身につけている衣装や絵のタッチの違いはあれど、それらの数十枚の肖像画には、すべて同じ顔が描かれていた。

おそらくはこれらの絵を見た誰もが、同一人物を描いた物だと思うほどに、よく似た顔が。

だがそんなことよりも、シルヴィアが何よりも気持ちが悪いのは。

「これは……私……？」

並べられた歴代聖女は皆、シルヴィアと同じ金の髪に空色の目をしており、その顔立ちもまた、シルヴィアに瓜二つ《うりふた》であった。

「いいえ、違いますよ。ですが信じられないでしょう？　実はこれらは、全て別の人間なのですよ」

大神官が楽しげに笑いながら言う。シルヴィアの足が恐怖で震えた。ではこれは、一体何なのか。

「聖女であるかどうかはひと目でわかると、先ほど私はそう申し上げましたね」

大神官は最も端に飾られた、真新しい肖像画を見て目を細める。

「これが、聖女の証です。すなわち、初代国王アデレイド陛下に瓜二つの容姿で生まれること」

確かにそれならば、間違いなく一目でわかるだろう。

つまり、アデレイド女王にそっくりな自分は、間違いなく聖女なのだ。『形が大事なのだ』と言った先ほどのルディアスの言葉を思い出し、足が震える。

「ここには最高位の神官しか入ることを許されませんし、若き神官たちは早世された前聖女の顔を知りません。故に、あなたのことを正しく聖女だと判断できなかったのです。よって彼らの先程の無礼はご容赦いただきたく」

シルヴィアは混乱の中で、ただ頷く。聖女とは一体何なのか。さらにわからなくなっていた。

「我が国の偉大なる初代女王、アデレイド陛下は、その治政において、ひとつだけ失敗を犯しました」

大神官はそのまま歴代聖女に囲まれた暗い廊下を歩いていく。シルヴィアは自分と同じ顔にじっと見られているようで、落ち着かない気持ちのまま、彼の後を必死についていく。

「老いによる死を間近にした彼女は、今更ながら気付いてしまったのですよ。自分の命が神とは違い、永遠でないことを」

それは、生きとし生けるものとして当たり前のことだ。けれど、権力者にとっては違うのかもしれない。

「アデレイド陛下は、永遠の命を望んだの……？」

確かに不老不死は遠い昔から、権力者たちが最期に行き着く、叶わぬ願いだ。

「いいえアデレイド陛下はそんな俗物ではございませんよ。彼女はエヴァンの民のため、どこまでも無私であったのです。自分が死ねば、神との契約は切れてしまう。そうすれば、この国が、そしてエヴァンの民がこれまで甘受していた神からの恩恵が、全て失われてしまう。つまり彼女は、自分亡き後、この国が立ち行かなくなることに気付いたのです」

女王あっての神聖エヴァン王国。彼女は自分の後を継げる者を育てられなかった。

女王にとって、この国は我が子であった。そして、ときに母は愚かであった。

本当に子の幸せを願うのなら、その手を離し、自立を促すべきであったのに。

自分の死後の我が子の行く末にまで、女王は介入したのだ。

自分が亡き後も、この国を神が守護してくれる状況を作るには、どうしたらいいのか。

「そして、彼女は自らの血に呪いをかけた。いつまでも自分が神のそばにいられるように」

この国の誰よりも精霊に愛され、呪術に長《た》けたアデレイドが、自らの血にかけた呪い。

「……つまり、私はアデレイド女王の生まれ変わりということ？」

シルヴィアの言葉に、ルディアスは人が悪そうに笑う。

「さて、魂などというものが本当に存在するとお思いですか？　輪廻《りんね》転生などと都合の良いものが、本当に存在すると？」

「違うの……？」

「ええ、違います。彼女はね、神のために自分の複製を作ることにしたのですよ」

「複製……？」

それは自分が亡き後、自分の遺伝子だけを引き継いだ、聖女という名の自分の複製が、一定の循環《サイクル》で生まれるという呪術。

『ねえ、神様。私の形を覚えていてね。私は何度でも生まれ変わって、あなたの元へ戻るわ』

そして、生まれるアデレイド女王と同じ容姿、同じ声を持った複製品《聖女》。

その聖女が死ぬたびに、その次に発生した王家の血を濃く継ぐ胎児にその呪いが移る。

呪いはその胎児をアデレイド女王の複製品へと作り替えてしまう。

常に一人の女王の複製が、この国にいるようにと仕組まれた、呪い。

――――つまり、聖女というのは。

「神をこの国に留めるため、アデレイド女王が繰り返し転生しては自分の元に戻ってくるのだと、神に錯覚させるための仕組みです」

シルヴィアの全身が粟立つ。女王は、なんて馬鹿なことを考えたのか。

アデレイド女王亡き後も、彼女と同じ見た目を持って生まれてくる子孫が、自分はアデレイド本人であると神を謀り、彼女の代わりに慰める。

――――自分の作ったこの国を、エヴァンの民を、長きにわたり守るために。

アデレイド女王は、神を冒瀆し、利用するような真似をした。

神と契約を結んだ人間であり、そしてこの国を一代で作り上げた偉大なる女王陛下。

そんな彼女が、真っ当な感性の持ち主であるはずがなかったのだ。

「だからこそ聖女たちは皆、生まれてすぐに『アデレイド』と名付けられるのですよ」

先ほど大神官が、聖女たちを数字で呼んでいた理由がわかる。

彼女たちを識別するものが、その役割を引き継いだ際の順番以外になかったからだ。

「シルヴィア、でしたか。聖女だというのに、あなたにはあなただけの名前がある。きっとここにいる歴代の聖女たちは、さぞあなたのことを羨ましく妬ましく思っていることでしょうね」

聖女として生まれてしまった王女たちの人生を食いつぶしながら、この国は続いてきた。シルヴィアの体が大きく震える。母がもしシルヴィアを腹に抱えたままこの聖都から逃げずにいたのなら、自分はここで『アデレイド』と呼ばれ、女王の何十番目かの複製品として生きていたのだろう。

おそらく母は知っていたのだ。聖女の真実を。故にシルヴィアを守るため、あの街へと逃げたのだ。今になって知る亡き母の愛に、シルヴィアの目から涙がこぼれた。

「神が愛しているのは、偉大なる女王アデレイド陛下ただ一人。彼女がいないのなら、神はこの地にいる意味がなくなってしまう」

そして聖女たちは、アデレイドの複製品として幼い時より教育を受ける。感情を制御され、不要な知識を与えず、夢も希望も持たせず、ただ王や神殿の要望を神に伝えるだけの存在であるように。

「おそらく先程天候が荒れたのは、あなたの心の動きに神が同調したからでしょう」

たかが一人の小娘の振れる感情に、天候までもが影響受けるなど、とんでもない話だ。

だが確かに、これまでの人生を振り返ってみれば、今まで自分の感情の動きと近辺の天候が連動していたことを思い出す。

「ならば私は生まれた時から、神に捕捉されていたということ?」

「ええ、神は愛するアデレイド女王の生まれ変わりとして、ずっとあなたの気配を追っていたのだと思いますよ。そして、こうして今あなたがここに来てくれたことに、さぞ喜んでおられることでしょう……あなたの『形』は神にとっての『アデレイド』ですから」

神といえど、そこまで執着されると、気持ちが悪い。さらに、シルヴィア本人ではなくアデレイド女王の生まれ変わりだと思い込み、執着されているのだ。

だが全ての謎が解けてみれば、なにやらシルヴィアはおかしくなってしまって、くすくすと耳障りな声で笑い始めた。

ああ、何が聖女だ。馬鹿馬鹿しくて、笑いが止まらない。

「――――そんな仕組みが、いつまでも続くと思ったの？」

愚かしいことだ。アデレイド女王も、この国の民も、そして神も。

「千年にも渡って複製し続ければ、そりゃ私みたいな欠陥品も発生するでしょうに」

全く同じ人間など、作れるわけがないのだ。だからこそ、歴代の聖女たちは、神殿や歴代の王によって、細心の注意を払って神好みに教育されてきたのだろう。

少しでもアデレイドに近づくように。そして、自分たちの思い通りに動くように。

個性を、感情を、意思を、奪われてきたのだろう。

「つまり聖女ってのは、女王によって神専用に作られた娼婦ってことか。狂ってる」

かつて使っていた乱暴な口調で吐き捨てる。少しでも聖女と呼ばれる存在から、距離をとりたかった。

「まあ、そんなようなものですね」

ルディアスもあっさりとその事実を認める。彼もつくづくよくわからない男だ。本来なら神官として、シルヴィアを騙し、何も知らないまま神に捧げてしまえば良いものを。

さて、シルヴィアがやるべきことはわかった。アデレイドのフリをして、神に甘え、お願いをすればいいのである。

あの街で、男たちを手玉にとって、貢がせていた娼婦たちのように。

「まあ、生まれ育った環境柄、そういうのは結構得意な方なんで。とっとと神様とやらのいる場所に連れて行ってくれる？」

シルヴィアは不敵に笑った。

「神様を誑かして、その恩寵《おんちょう》とやらを搾り取ってくるわ」

するとルディアスも楽しげに声を上げて笑う。それから彼は歴代聖女の回廊を抜けた先にある、黄金と数多の宝石で装飾された小さな扉を指差した。

「さて、ここから先に行けるのは、聖女だけです」

神の間に、聖女以外の人間が入ることはできない。その扉は聖女以外には開けず、開かれた扉に普通の人間が入ろうとすれば、昏倒《こんとう》してしまうのだという。

「そう、ありがとう」

そして、その扉に触れようとしたシルヴィアに、ルディアスは悪戯っぽく微笑むと、内緒話をするように、小さな声で言った。

「どうか神の御許にいかれる前に、一つ、懺悔をさせてはいただけませんか？　聖女よ」

シルヴィアはルディアスの方へ振り向く。彼は微笑むと、シルヴィアの前に跪いた。

「……私はずっと、この『聖女』という仕組みを壊してやりたいと思っていたのです」

とてもではないが、この神殿の神職者を束ねる長の言葉ではない。シルヴィアは驚き目を見開く。

ルディアス大神官の緑柱石色の目は、酷く澄んでいた。迷いないそれは、すでに正気の人間の目ではないことに、シルヴィアは今更ながら気付く。

「現聖女が生きている限り、次代の聖女は生まれない。だから、あなたが生きている状態で行方不明であることは非常に都合が良かったのです。世界のどこかであなたが死ぬまで、新たな聖女は現れないのですから。私はその時間を使って、この国のその仕組みを壊そうと画策しておりました。だから、あなたが突然現れた時は、こっそり殺してやろうと思っていたのです。

……ですが、まあ、気が変わりました」

彼はにっこりと美しく笑う。その笑顔にシルヴィアの背筋が凍った。

「あなたは、国などどうでも良いと、ただ愛する人を助けたいのだと言いました。それならば良いかと思ったのですよ」

間一髪であった。シルヴィアは体を震わせる。ここで『国を救いたい』などと、心にもない綺麗事を言わないでよかった。

「ちなみに聖女の真実を明かし、あなたの父と母を唆したのも、実は私です」

己のか弱い体に悩み、苦しむイェルクの告解を聞くため、ルディアスは神官として時折彼のもとへ訪れていた。

そしてイェルクとモニカが恋仲であり、モニカのお腹に子供がいることを知った。

先代聖女が失われて、一年近くが経っていた。つまり、時期的にその腹の子は次の聖女である可能性が高いとルディアスは考えたのだ。

そして、その子が聖女だった場合の話をした。聞いたモニカの判断は早かった。

すぐに腹の子とともに、この聖都から逃げることを決めたのだ。

ルディアスはその時も、彼女が唯々諾々と娘を神殿に奉納しようものなら、その命を奪おうと思っていたのだという。

だがモニカは迷いなく、娘の人生を選び取った。どうやら母娘の命も紙一重であったらしい。

「……どうして、そんなことを」

愕然としたシルヴィアが聞けば、ルディアスは背後を振り返り、一番新しい聖女の肖像画を愛おしそうに見やる。

「先代の聖女。……私の『アデレイド』は国王や当時の大神官によって殺されたのですよ」

『私の』という言葉に強い執着を感じ、シルヴィはぞくりと身を震わせた。

『わたし、ルディアスが好きなの』

ルディアスは、目の前の少女と瓜二つの、かつての恋人を思い出す。

聖女の世話役は、基本、先代聖女を知らぬ若き神官が選ばれる。

そして世話役は、聖女に話しかけることも、触れることも許されない。

ただ、聖女の生命をこの世に繋ぎ止めるための、必要最低限の世話をする仕事だ。

ルディアスが聖女の世話役として、初めて『アデレイド』に会った時、その少女は驚くほど表情が乏しかった。美しい空色の瞳は、ガラス玉のように何の感情も映してはいなかった。

聖女がなんたるかも知らなかったルディアスは、そんな彼女を哀れみ、周囲の目を盗み彼女に話しかけた。時に、神官服の中にお菓子を隠し持って、そっと与えたこともあった。

――彼女の笑顔を、見てみたかったのだ。

やがて彼女は、ルディアスの望むまま、蕾《つぼみ》が綻ぶように、少しずつ表情が増えていった。

そして感情を得た聖女は恋をした。自分を変えてくれた、美しく優しい世話役の下級神官に。

聖女は無垢《むく》で、そして無知で。人を疑うことを知らなかった。

聖女の真実を、自分の置かれた立場を、すべてルディアスに話してしまった。

それから拙い言葉で、ルディアスに愛をささやいた。

『ちゃんと聖女のお勤めはするわ。でも、想うだけなら許されるでしょう？』

――愚かにも、神以外に恋をした聖女。

愛していた。けれど、神職者であった彼は、その想いを受け入れることはできなかった。

「……残酷なことをしました。一方的に感情を与えておいて、その想いを受け入れないなどと」

きっと、何も知らなければ、何も求めずに済んだのに。

彼女は思い通りにならない恋に、徐々に感情の制御《コントロール》ができなくなっていき、やがて、この国に、多くの災害をもたらすことになった。

そして、彼女は聖女として不適格だと判断され、秘密裏に処分された。

ある夜、ルディアスにいつものようにおやすみと言って寝台に横たわった彼女は、そのまま二度と目を覚さなかった。

「長い歴史の中でも、神を荒ぶらせた愚かな聖女が処分されたことが幾度かあったようです。意に沿わなくなったら処分して、御し易《やす》い新たな聖女の誕生を待てば良いとね」

神は聖女の感情に同調する。だが、その一方で、神でも自然死に見せかけられた暗殺は防げなかったようだ。

王家に代々伝わる、神を怒らせることのない、密《ひそ》かな聖女の処分方法。

ルディアスは大神官を引き継いだ時にそれを知った。

眠るように、痛みも苦しみもなく死に至る、門外不出の毒薬。

眠るように死んだ、ルディアスの愛しい聖女。

自然死に見せかけられて殺された、愛する女。

「……私は、許せなかった」

そしてルディアスは、復讐《ふくしゅう》に囚《とら》われた。ありとあらゆる手を使って、この神殿の頂点を目指した。彼の聖女を死に至らしめたくだらない仕組みを、完膚なきまでに消し去るために。

それは、彼の贖罪《しょくざい》だったのかもしれない。

「国よりも、神よりも、彼女が大切だった。そんなことを失ってから気づいた。……有りがちで、どうしようもなく愚かしい話です」

簡単な話だ。神も国もどうだっていい。ここから攫《さら》って逃げてしまえば良かったのだ。

だからこそルディアスは、愛するものを救うためだけに神を求めたシルヴィアを受け入れた。

先ほどまでいた、聖女の部屋を思い出す。鉄格子こそあれど、おそらくルディアス大神官によって整えられたのであろう、女の子が好むような可愛らしい内装の部屋。

そこにあった、ルディアスと彼の『アデレイド』の日々を思い、シルヴィアの胸が痛む。

(そして私も、このままでは殺処分される可能性が高いということね)

現聖女が死ななければ、次代の聖女は生まれてこない。同時に二人のアデレイドはいらない。

これは、そんなおぞましい呪いなのだから。

「警告をありがとう。ルディアス大神官」

知っていればある程度の対処はできる。くだらない奴らの思い通りになどなってたまるか。

シルヴィアは神の元へと続く扉を押した。聖女以外は開けないというその扉は、あっさりと開きその中へとシルヴィアを誘う。

そしてシルヴィアはその奥へと入る前に、もう一度ルディアスを振り返って言った。


「あなたのおかげで私、とても幸せな人生だった……！　ありがとう……！」


彼がいなければ、母と共に過ごすこともなく、アルヴィンと出会うこともなく。

シルヴィアは、『アデレイド』という名で呼ばれ、ここで死んだように生きていたはずだ。

たとえ復讐のためだとしても、彼には感謝しかなかった。

シルヴィアの言葉に、ルディアスは大きく目を見開く。

愛した女と全く同じ顔、同じ声で言われた、その言葉に。

違う人間だと知っている。魂など存在しない。彼の『アデレイド』は、あんな風にあっけらかんとは笑わなかった。けれど。

――確かに許されたような、そんな気がした。

そして、扉の向こうに消えていくシルヴィアの背中を見送り、その後ろ姿が見えなくなると、彼はその場に頽《くずお》れて慟哭《どうこく》した。

もう二度と会えない、大切な人を想って。

第八章　私だけの聖女

アルヴィンはその日、生まれて初めてと言っていいほどに、浮かれていた。

驚くべきことに、ずっと男性だと思い込んでいた想い人が女性だったのだ。更には、他に隠していることはないかと聞いてみれば、実は年齢までサバを読んでいて、本当は十四歳ではなく十八歳だと言う。

つまりは長い間恋い焦がれていたその人と、しようと思えばすぐにでも結婚ができるらしい。もちろん相手が受け入れてくれれば、の話だが。

それでも、これはすごいことだ。やっぱり神はいるかもしれない。ありがとう神様。

アルヴィンは人生において、これほどまでに神に感謝したことはなかった。

——だが、そんな彼の愛しい想い人は、最後の最後でとんでもない衝撃的な事実を暴露した。


「お久しぶりです。イェルク殿下」

アルヴィンは降り頻る雨の中、王宮の隅にある王弟イェルクの部屋へと訪れていた。

彼とは一度だけ面識があった。王が行った尋問に付き従ったことがあったのだ。

「やあ、確か君はアルヴィン君だったっけ。フォールクランツ伯爵家の。こんなところに突然どうしたの？」

「名前を覚えていただいていたとは、光栄です」

「あの時、床に崩れ落ちた私を支えてくれたのは、君だけだったからね」

イェルクが微笑む。その顔色は悪く、近いうちに彼の命が尽きるであろうことは明確だった。

「実はご報告させていただきたいことと、お伺いしたいことがございまして」

「……君、まだ、聖女探しを諦めていないのかい？　悪いけど私から引き出せる情報なんて、もう何もないよ」

すでに、これ以上の情報は得られまいと、イェルクの拘束は解かれていた。

王家や神殿に対する反逆とはいえ、彼に手を下せば聖女を不用意に刺激する可能性もあり、お咎めなしとなったようだ。

「いえ、そうではなく。実は私、結婚を考えている女性がいまして」

「……はあ」

一体この青年は何を言い出したのかと、イェルクは首を傾げる。

堅すぎるきらいはあるが、聖騎士の中でも真面目で好感の持てる青年だと思っていたのだが。

「美しく、賢く、素晴らしい女性です。金を溶かし込んだような髪に、青空を写しとったような、美しい瞳をしているんです」

「へえ……。もしかして君、わざわざこんなところまで来て、惚気話《のろけ》でもしに来たのかい」

「はい、実はその通りです。ちなみに彼女はシルヴィアという名前でして」

そこで、初めてイェルクの余裕ある表情が、わずかに崩れた。

「名前まで可愛いでしょう。もう、存在自体が奇跡です」

イェルクの顔から表情が抜け落ちる。それを見たアルヴィンは安堵する。

シルヴィアはちゃんと父親から愛されているのだと、そう確信できたからだ。

『アルヴィン様がずっと探していた『モニカ・アシュレーの娘』は、私です』と。

先ほどシルヴィアは熱に浮かされながら、そんな秘密を明かしアルヴィンに泣いて詫びた。

おそらく彼女は、ずっと罪悪感を抱えながら、アルヴィンのそばにいたのだろう。

つまりシルヴィアは、目の前にいるイェルクの娘ということにもなる。

だからこそ、アルヴィンは知りたかった。イェルクが、モニカが、どうしてもシルヴィアを聖女にさせまいとした、その理由。


――聖女とは、一体何なのか。

「……へえ、可愛い子なんだね」

「ええ、とても」

「その子は今、ちゃんと幸せそうかい？」

「ええ。けれど今以上に幸せにしたいと思っています。私は家族のいない彼女の、家族になりたいと考えているのです」

それで、アルヴィンが伝えたいことが伝わったのだろう。

イェルクは一つ深く細いため息を吐くと、そっと目を瞑った。

「……そうか。彼女は逝《い》ったのか。こんな私よりも、先に」

そしてイェルクは、かつての幸せな日々を回想する。

不思議な女だった。イェルクが悲観的なことを言うたびに、考えすぎだと笑い飛ばした。

そんなモニカに恋をして、それでもいつものように自分なんかがと諦めていたら、ある日焦れた彼女に突然体に乗りあげられて、襲われた。びっくりした。

『私、あなたが大好きよ』

真っ直ぐにそう言ってくれた、どこまでも明るく前向きな恋人。くだらなくて面白みのないイェルクの人生の、唯一の光。

彼女に新たな命が宿ったと知った時、どれほど誇らしく、嬉しかったか。

二人で悩みながら名前を考えた。あんなにも幸せな悩みを、イェルクは他に知らない。

『女の子が生まれたら、シルヴィアという名前はどうだろう』

緊張しながらそう提案すれば、モニカは弾けるように笑った。

『まあ！　可愛い名前ね！』

どうせいつ死ぬともしれない命だ。モニカ以外の者たち全てから、とうに見捨てられた命だ。身分の差などどうとでもなる。だから結婚してほしいと請えば、やはりモニカは嬉しそうに笑ってくれた。

このまま家族三人で、幸せに暮らせると思っていた。


――彼女の腹に宿った子が、『聖女』でなければ。


懐かしい思い出に、イェルクの目から涙が溢れ落ちる。それは、深い悲しみだった。

それを見たアルヴィンの胸も詰まる。

そして、イェルクはひたりとアルヴィンの焦げ茶色の目を見据えた。それは、娘を託すに足る男かを見極めんとする、父の目だった。

「ねえ、アルヴィン君。聖女って何か、君は知っているかい？」

「国民に公《おおやけ》にされている一般的な内容であれば」

「私たちはこの国のために聖女がいると思っている。けれどもそれは違う。本当は逆だ。神の恩恵を受けられるのは聖女だけで、私たちはそのおこぼれをもらっているにすぎない」

初めて聞く内容に、アルヴィンは目を見開く。

「だからこそ彼女たちは、生まれてすぐに母親から引き離され、名前すら与えてもらえず、神殿の奥で、何の知識も教育も与えられずに、ただ国のために祈るよう、洗脳されて育つ」

そんな風にして育ったシルヴィアを想像し、アルヴィンは寒気を覚える。

「聖女が感情を荒立たせれば、神もまた荒ぶる。故に聖女は神を刺激しないよう、感情すらも制御される。ただ、その一生を神の慰みものとして生きるんだ。国の、我らの、ために」

アルヴィンをからかっては楽しそうに笑う、愛しい少女を思い出す。

あの笑顔を守るためなら、自分もイェルクと同じように、神にすら背を向けるだろう。

アルヴィンは、ここで一つの決意を固める。

「私は嫌だった。どうしても嫌だった」

「…………はい」

「神などに、私の愛しい娘をくれてやるつもりはない……！」

骨張った拳が、きつくきつく握りしめられる。

「ええ、私もそう思います」

同意するアルヴィンの言葉に、イェルクは脱力し、椅子にもたれかかった。

「…………どうか」

祈るように組まれた手を額に戴き、アルヴィンは小さく漏らされた懇願に、一つ肯く。

「私は、もう聖女を探す気はありません。今、この国は拙いながらも人の力だけで立ち上がろうとしている。本来のあるべき姿へ戻ろうとしているのだと思うのです」

遠回しに聖女は不要だと告げる。

「私は、シルヴィアを愛しています。自由に笑い、怒り、悲しみ、喜ぶ彼女のことを」

アルヴィンに、もう迷いはなかった。


その帰り道、アルヴィンは花屋に寄った。女性の喜ぶものがそれ以外に思い浮かばなかったからである。女性に慣れていないモテない男の、精一杯であった。

腕いっぱいに花を抱えて帰れば、その姿を見た父が吹き出して似合わないと笑い転げた。失礼な父である。

そして、一世一代の勇気を持って、アルヴィンは愛しい少女に求婚をした。少々、いやかなり大恥をかいたような気がしないでもないが、彼女は彼の純潔を請け負ってくれた。

それからは夢のように幸せな日々だった。

シルヴィアを妻と呼べるようになった。

初めて触れたシルヴィアの体は妄想以上に素晴らしかった。

あまりにも素晴らしい経験にがっついてしまい『猿』と愛しい妻《シルヴィア》に罵られたが、それでもちゃんと付き合ってくれる彼女はやはり天使である。

時折花街で培った知識を、アルヴィンを喜ばそうと夫婦生活で実践してこようとするのは、嬉しく思いつつも困ってしまうのだが、頑張る彼女は可愛いので、やはり天使である。

そしてアルヴィンは、聖女をこの手に手折った贖《あがな》いに、この国の立て直しを図った。

たとえ聖女がいなくとも、この国が成り立つことを証明しなければならない。

いつか、この国が、真実聖女を必要としなくなるまで。

強気なことを言っていても、この国が滅べばきっと、優しい彼女は罪悪感に苛まれてしまうだろうから。

生真面目なアルヴィンは、この国を守ることは、聖女を奪った自分の義務だと思ったのだ。

軍の規律を正し、いずれは他国に対等に渡り合えるようにと、アルヴィンは尽力した。

彼をはじめとする多くの人間の努力の元、少しずつ、国は落ち着きを取り戻し、聖女のいない日々を受け入れていった。

良かったと思った。このまま何事もなく暮らせればいいと、思った。

しかしそんなささやかな願いを嘲笑《あざわら》うように、国が立ち直りきる前に北の隣国、ウェルシュ皇国との間に小競り合いが起きた。

即座に国軍を派遣しその時はことなきを得たが、彼らはその後何度も繰り返し、神聖エヴァン王国との国境を侵犯するようになった。

ウェルシュ皇国は、かつてこの国を侵略せんとして神の怒りを買い、その一軍を神の鉄槌により滅ぼされたという歴史を持っていた。だから、これまで国境を越えてくることはなかったのだが。

神聖エヴァン王国が神の守護を失ったという情報を得た彼らは、おそらく確かめているのだろう。この国を侵略しても、本当に神の裁きは下らないのかどうかを。

だから、さしたる被害にならない程度の兵数で、国境を侵すのだ。

『今のうちに徹底的に叩くことが肝要かと存じます』

そのことに気づいたアルヴィンを始めとする軍人たちの進言により、国は討伐軍を国境付近へ向かわせた。

アルヴィンもまた上官命令で、それに従軍することになった。

断ることもできたと思う。逃げ出すこともできたと思う。それでも、この国をアルヴィンは見捨てることができなかった。

そして、妻であるシルヴィアには、その事実を話さないでほしいと、両親に頼み込んだ。

両親には従軍することも、妻に黙って出征することにも難色を示されたが、何度もシルヴィアを心配させたくないのだと必死に説得し、了承を得た。

おそらく、シルヴィアに関し、アルヴィンが何某《なにがし》かの重い事情を抱えていることを、両親もうっすらと気付いていたのだろう。

自分自身のことをまるで冷淡な人間であるように妻《シルヴィア》は言うが、その実彼女は一度懐に入れた人間に対しては情の深い人間だ。

アルヴィンが危険な目に遭うくらいなら、自分が聖女となり、自身を犠牲にすることを厭わないだろう。それがわかっているから、アルヴィンは彼女の目と耳を塞ぐ。

それに聖女となってしまえば、アルヴィンが彼女を取り返すことは難しい。

おそらく神殿の奥深くに隠され、もう二度と会うことができなくなるだろう。

それだけは、どうしても避けたい事態だった。

そしてアルヴィンは、愛しい妻を両親に託し、戦場に行った。

別れの時、普段強気な妻が、弱い言葉を漏らした。

「寂しい、です」

それは、この世のものとは思えぬほどに可愛かった。――アルヴィンだけの、聖女。

絶対に生きて戻ると、誓った。

国境に布陣し、兵士の数では上回り、武器の性能では下回る、そんな状態で、いくつかの戦闘を経験した。

人の死をこんなにも身近に感じたことは、初めてだ。

だが、それもそのうち慣れるものだ。多少精神がすり減り、人相も悪くなってきたものの、なんとか戦い抜いた。

アルヴィンを含む、平和ボケしていた兵士たちは地獄を見て、自分たちの力だけでこの国を守らなければならないのだという現実を知り、その気概を持つようになった。

有利な防衛戦であることもあって、アルヴィンたちは善戦し、戦況は膠着《こうちゃく》状態が続いていた。

だが、ウェルシュ皇国は、これまでの小競り合いの中で、神聖エヴァン王国を侵略したとしても、神の裁きは下らないとの確信を得たのだろう。

そして、その日、恐れていたことが起こった。突貫工事で作られた砦《とりで》の見張り台。

「後方よりウェルシュ皇国軍の増援を確認。兵数は数万を超えるものと……！」

そこの哨戒《しょうかい》兵からもたらされた情報は、絶望的なものだった。

アルヴィンには、兵士たちの士気が一気に下がっていくのがわかった。

「一度撤退して援軍を待ち、態勢を立て直そう。これ以上敵軍をここで食い止めるのは無理だ」

上官の決定に、皆が苦渋の表情を浮かべた、その時。

自然では有り得ない猛烈な勢いで、空に暗雲が立ち込め始めた。

「……何事だ？」

あまりに突然の天候の変化に誰もが呆然と空を見上げる。稲光が空を裂く。

間違いなく、自然ならざる者の力の介入が、そこにはあった。

「神よ……！」

誰かが叫んだその声に、兵士たちが一斉に膝をつき、頭を垂れる。

稲光が走り、大地が震えるほどの雷鳴と共に、ウェルシュ本軍へ向かって数え切れないほどの雷が落ちた。

「シルヴィア……？」

アルヴィンは空を見上げ、愛しい妻の名を茫然《ぼうぜん》と呟く。嫌な予感が、胸を焼いた。

ウェルシュ皇国軍の落雷による被害は甚大なものとなったのに対し、神聖エヴァン王国軍の陣地に雷が落ちることは一切なかった。これはやはり、偶然ではない。明確な神の意志があった。

それは神聖エヴァン王国に、未だ神の守護は健在であると知らしめ、ウェルシュ皇国軍は侵略を諦め瞬く間に撤退していった。

神の名を叫び、勝利に酔う戦友たちの中で、アルヴィンは一人絶望に囚われていた。

彼は、確信していた。

――愛しい妻が、この奇跡を起こしたのだと。

「シルヴィア……。どうして……？」

呆然と空を見上げる。そんなことはわかり切ったことだ。妻は守ろうとしたのだ。夫であるアルヴィンのことを。

やがて、静かに雨が降り始める。それは、シルヴィアの流す涙のようにアルヴィンには思えた。

ああ、神も、国も、もうどうだっていい。妻の涙の前に、なんの価値もない。

（――――取り戻さなければ）

何と引き換えにしてでも。愛しい妻を。

◇◇◇◇

『ねえねえ、アデレイド。これでよかったの？』

幼い声が、シルヴィアの頭の中に直接響きわたる。シルヴィアは笑ってうなずいた。

『ええ。完璧よ』

『よかったぁ……！』

幼い声が無邪気に喜ぶ。少し前にその手で多くの命を奪ったことなど、まるで意に介していないようだ。ただシルヴィアに褒められたことを喜んでいる。

恐怖に震えながらも、シルヴィアは必死に笑顔を貼り付けた。

好きな人を助けるため、この国に入ってきた侵略者を追い払って欲しいと、シルヴィアは神に頼んだ。

神はそれをあっさりと承諾し、シルヴィアの体を大神殿に残したまま、この場所へと意識を飛ばさせると、シルヴィアに問うた。

『ねえ、それで、どっちをけせばいいの？』

その言葉に、シルヴィアは凍りついた。この神は、これまで自分が守ってきたはずの民の判別すら、全くついていなかったのだ。

思わずシルヴィアは、自分たちは神に選ばれた一族であると、選民思想に凝り固まった輩が哀れになってしまった。神は、彼らのことなどまるで何とも思っていないというのに。

ルディアスの言う通り、神が愛しているのは、アデレイドただ一人だったのだ。

神と共に血と土埃《つちぼこり》に汚れた大地を見下ろして、シルヴィアは息を呑む。

戦場に立つ夫が、シルヴィアを見上げていた。そして、その乾いた唇が愛おしげに彼女の名を呼んだ。——見えるはずなど、ないのに。

『——ねえねえ、あれが、アデレイドがすきなひとでしょう？　いつもいっしょにいるものね』

シルヴィアの感情を読み取ったのだろう。そんな楽しげな声がして、シルヴィアは頷く。

神はやはりシルヴィアを、これまでもこんな風に遠くから観察していたのだろう。

だがどうやら神は聖女に夫がいても気にならないようだ。

聖女は純潔であるべきなどと、結局は後世の人間が勝手に言い出したことに過ぎないのだ。

宗教など、所詮そんなものなのかもしれない。後世の権力者によって、いくらでも意のままに、改竄《かいざん》されてしまうもの。

『ええ、そうよ。あの人が私の好きな人』

血と土埃に汚れ、多少人相が悪くなっているものの、そこにいたのは間違いなく夫のアルヴィンだった。

（……無事で、よかった）

そして最後にその顔を見られてよかった。彼がこの世界に生きているのならば、シルヴィアは絶望をせずにいられる。

静かに雨が降り始めた。シルヴィアの悲しみに呼応するように。

『かなしいの？』

幼い声が、同じように悲しげに聞いてくる。シルヴィアは必死にごまかすように笑った。

彼の姿を必死に目に焼き付けていると、思い出したように神が言った。

『はじめてあったときから、アデレイドはあれをよくつれていたよね』

それはおそらく、アルヴィンのご先祖様のことだろう。確か、剣の使い手でアデレイド女王の側近だったと義父に聞いたことがある。

アルヴィンは遠き先祖にもそっくりなのだなと少し笑ってしまい、そこでとある事実に思い至って、シルヴィアは凍りついた。

義父に良く似たアルヴィン。同じく似た顔立ちの、先祖代々の肖像画。オーレリアの言う、他からの遺伝を受け入れない、強い血統。

（もしかして、聖女の呪いと似たようなものを、フォールクランツ伯爵家もかけられていたということ……？）

女王が聖女の呪いを完成させるため、周囲の者たちを、実験台にしていたのだとしたら。どこまでも罪深い初代女王陛下に、シルヴィアは呆れて果ててしまう。

いくら偉大なる女王とはいえ、やって良いことと悪いことがある。

（彼女なりに、理想の国を作ろうとしたのかも知れないけれど）

精霊とはいえ子供を騙しその力を我がものとし、常に自らの子孫の一人を生贄《いけにえ》とし、平気で臣下に人体実験を行う。

（……でもまあ、戦争もなく、災害もなく、飢えることもなく人々が生きていける国が、わずかな犠牲を許容するだけで手に入るのなら、安いものだと考えたのでしょうね）

尊い犠牲と勝手に許容されてしまう立場の方のシルヴィアとしては、受け入れ難い話だが、自分がその幸福を享受できる側であれば、確かにこれらは素晴らしい仕組みだ。

どうやら女王陛下は目的のためなら手段を選ばない人間だったようだ。

やはりそれくらいのことができなければ、一代で国を一つ作るような真似は、できないのかもしれないけれど。


数刻前、ルディアス大神官と別れ、開かれた黄金の扉の奥の神の部屋へと入ったシルヴィアは、その瞬間ぷつりと意識が途絶え、気が付いたら真っ白な光の中にいた。

『おかえり、アデレイド！　まってたよ！』

そして、耳で拾う音ではなく、頭の中に直接響くように聞こえたのは、明らかに幼い子供の声だった。

親しげなその口調から、彼がシルヴィアのことをアデレイド女王だと思っていることは間違い無いようだ。

「……あなたが神様？」

恐る恐る聞いてみれば、その声は楽しそうにケラケラと笑う。

『どうしたの？　へんなアデレイド。たびのあいだにぼくのことをわすれてしまったの？』

しまった、とシルヴィアは慌てる。神は今、シルヴィアのことを初代女王アデレイドだと思っている。だからシルヴィアが自分のことを知っているのは当然なのだ。

この神殿で育った聖女であれば、きっと神との対応の仕方も教えられるのだろうが、なんせシルヴィアは、聖女としては欠陥品なのである。

『そうだよ。ぼくは「かみさま」だよ。アデレイドがそうなまえをつけてくれたんじゃないか』

（なるほどね……）

　その言葉に、シルヴィアは納得する。この子は神という万能の存在というよりは、神に等しい、恐ろしいほどに強大な力を持った『精霊』なのだろう。

　すでにこの精霊は千歳を遥《はる》かに越えているはずだが、伝わってくる精神の幼さから、まだ子供のようだ。悠久の時を生きる精霊と人間に流れる時間は違うのだろう。

　そしておそらくこの精霊は、アデレイドのことを母のように慕っている。生まれたばかりの雛《ひな》が、一番最初に目に入ったものを母親と思い込むように。

　そして女王は、そんな精霊の子供を神として祀《まつ》り上げ、この場所に封じてしまった。

（聖女は娼婦じゃなくて、子守だったのか……）

　これは全くの専門外である。シルヴィアは困ってしまった。

　だが、これで謎も解けるというものだ。確かに小さな子供なら、何も考えずに大好きな人を追いかけてしまうであろうし、大好きな人の喜怒哀楽の影響も受けやすいだろう。

　ここでこのまま『アデレイド』のフリをして、この小さな子を騙し、その力を搾取することが、正しいのだろうか。

(でも、それしかアルヴィン様を救う方法はないんだ……!)

やらねばならないと、シルヴィアは意を決して神に話しかけた。罰ならば、全てが終わった後に、受ければいい。

「……ねえ、神様、お願いがあるの」

そうしてシルヴィアは、アデレイド女王のフリをして、敵軍を追い払うことに成功したのだ。

そして気がつけば、また大神殿の中央、神のいる真っ白な部屋に戻っていた。

(正直、このまま騙し切れる気がしない……)

『ねえ、アデレイド。アデレイド』

嬉しそうにその名を呼んで笑う神に、シルヴィアの中で罪悪感と不快感が積み上がっていく。

(……一《いち》か八《ばち》か、真実を話してしまおうか)

失敗すれば、『偽物』だとこの場で消滅させられてしまうかもしれない。けれどシルヴィアには、このままこの精霊を騙し続け、人間の都合の良いように搾取することが、正しいことだとはどうしても思えなかったのだ。

母ではないものを母と思い込み、その後を必死で追いかける雛は、哀れで見ていられない。

『ねえ、アデレイド。なにかおはなしをきかせて』

シルヴィアの着ている服が、小さな手に引っ張られる。だがその手を、目には見ることはできない。

（アデレイド女王にはこの子の姿が見えていたのでしょうね）

長い年月の末、文明を選んだエヴァンの民は、精霊と意思疎通する能力を失ってしまった。

アデレイドの複製といえど、見た目だけを取り繕っただけのシルヴィアの目には、彼を映すことはできない。

シルヴィアは役に立たない目を瞑る。十分に幸せな人生だった。アルヴィンも救うことができた。

だから、今、すべきことをするのだ。もしかしたら自分の後にも生まれてしまうかもしれない、自分と同じアデレイドの複製品である、哀れな聖女たちのためにも。

覚悟を決めたシルヴィアは口を開く。

「ねえ、神様。本当は私、アデレイドじゃないんだ」

こんなことは、ここで終わらせなければならない。シルヴィアはいつもの口調で言葉を紡ぐ。

『アデレイド？　なにをいっているの、アデレイド？』

「違う。私の本当の名前はシルヴィア。シルヴィア・フォールクランツ」

大神官によれば、代々の聖女たちは、全員生まれてすぐに『アデレイド』と名付けられたという。

だから神に『アデレイド』と呼ばれても違和感がなかったのだろう。

けれど、シルヴィアは違う。ちゃんと自らの名前を持ち、意志を持ち、感情を持ち、愛しい夫にこの名前を呼ばれながら、生きてきたのだ。

今更、アデレイド女王の複製品になど、なれない。

『アデレイドじゃないの？』

「うん、シルヴィアだよ」

『じゃあ、アデレイドはどこにいったの？』

「……とっくに亡くなっているんだ」

『なくなる？』

「死んでしまったということ」

話せば話すほど、この精霊は何も知らない無垢な子供だとわかる。

この子は、未だ死の概念すらよく分かっていないのだ。だからこそ、今までこんな杜撰《ずさん》な身代わり劇にも気がつかなかったのだ。

――強大な力を持ちながらも、無知。さぞかし御し易かったことだろう。

アデレイド女王はとっくに死んでいる。それも、千年近く前に。

つまりこれまでずっと神のそばにいたのは、アデレイド女王の呪いのままに、彼女の複製品となった哀れな聖女たちである。

そのことを、シルヴィアは小さな子にもわかるように、必死に噛《か》み砕《くだ》いて説明した。

気の遠くなるような時間をかけて。そしてようやく神の理解が追いついた。

『……そっか。みんな、アデレイドによくにていたけれど、たしかにちょっとちがうなあともおもっていたんだ』

子供の心のままの、真っ白な精霊。アデレイド女王が愛し、誑《たぶら》かし、作り上げた唯一の神。

『でもみんな、だいすきだったよ』

その言葉に、思わずシルヴィアは、涙をこぼした。聖女たちは、それぞれちゃんとこの神に愛されていたのだと。そう思えば、わずかながら救いがある気がした。

『そうか。みんなしんじゃったから、ぼくはアデレイドにも、ほかのアデレイドにも、もうあえないんだね』

精霊から、悲しみを感じた。全ての人間は愛せずとも、彼はちゃんとアデレイドたちにはそれぞれに感情をもっていたようだった。

『それならぼくは、これからどうしたらいいんだろう』

「神様は何かしたいことはあるの？」

『わからない。アデレイドがここからうごかないでといったから、ぼくはずっとここにいたよ』

シルヴィアの中で、アデレイド女王陛下への評価がさらに地を這う。いずれは置き去りにすると知っていて、なぜそんな残酷な命令を下せるのだろう。

(そこまでエヴァンの民が大切だったのか)

『いつもアデレイドがそばにいたからさみしくはなかったし、いいかなとおもって』

だが、もしかしたら、この幼い精霊が寂しくないようにと考えた結果が、聖女の仕組みだったのかもしれない。

「アデレイド女王はもういない。だから神様は、自分がしたいことをしてもいいんだよ」

シルヴィアがそう言えば、神から困惑した気配が伝わってきた。

それからシルヴィアは、彼に語った。この世界の素晴らしいところや、汚らしいところ。人間の素晴らしさや、愚かしさ。

それにシルヴィアの記憶力は非常に役に立った。これまで見たものや感じたものは、全て頭の中に残っており、話題は尽きることがなかった。

自分の話の中で、神が何かに興味を持ってくれることを祈って、必死にしゃべった。

神もその話にいつまでも付き合ってくれた。

きっとシルヴィアがここに来るまでずっと退屈していたのだろう。

それから、自分の恋の話もした。その話は、神もお気に入りのようだった。

アルヴィンと出会った時のこと。

アルヴィンと旅した時のこと。

アルヴィンと共に過ごした、幸せな時間のこと。

どうやら人の感情は、神にとってとても興味深いもののようだ。楽しそうに聞いてくれる。この部屋にいる間は、不思議と眠ることも、空腹を感じることもなく、シルヴィアは話し続けた。

『——ここから、でてみたいな』

神がそう言ったのは、どれほど時間が経ってからであろうか。

『だってアデレイドは、もういないんでしょう？』

だからシルヴィアは、アデレイドにそっくりの顔に満面の笑みを浮かべて、アデレイドと同じ声音で言ってやった。

「——そうだよ。あなたは自由だ。これ以上、ここにいる必要はない」

それは、これまでここで神と共に過ごした数十人の『アデレイド』たちが、誰一人として言わなかった言葉だった。——『シルヴィア』だからこそ、言えた言葉。

千年以上、幼い精霊を縛り付けていた契約が、『シルヴィア』が発した『アデレイド』の声によって解けていく。

それを受けて、神は楽しそうにクスクスと笑い出した。

『おかしいね。シルヴィアはじぶんをアデレイドではないといったよ。それなのに、シルヴィアはこれまであったどのアデレイドよりも、アデレイドににているよ』

それは非常に不本意である。思わず不服そうな顔になったシルヴィアに、神はまた笑う。

そしてシルヴィアは、姿の見えない彼に手を差し伸べる。

何も見えなくとも、たしかにそこに小さな手が重ねられた感覚がした。

連れ添って、白い空間に唯一ある扉を押し開き、神の間から出る。

するとそこには、ルディアス大神官が待っていた。

どこか浮かれた様子の彼のその手には、葡萄酒《ワイン》と思われる液体の入った杯《さかずき》が収まっている。

生真面目かと思いきや、案外生臭な神官である。

「お帰りなさい、シルヴィア。そして久しぶりですね」

「……すみません。時間の感覚がまったくなくて。私、どれくらいここにいたんでしょう」

「もう十日ほどになりますか。随分と長い間籠っておられましたね。間に合って良かった」

彼の言葉に首を傾げつつも、思いの外時間が経っていることに、シルヴィアは驚く。

「なんでもウェルシュ皇国軍を壊滅させたそうですね。相変わらず凄《すさ》まじい」

「…………」

聖都にも、その情報が既に入っているようだ。神をけしかけて奪った数多の命を思い出し、シルヴィアは渋い顔をする。

「……おや。連れ出してしまったのですか？」

ルディアスがシルヴィアの足元に目をやる。そこには、未だ纏《まと》わり付く神の気配があった。

「見えるんですか？」

「うっすらとですが。だからこそ私は、神殿に入って神官になったのですよ」

シルヴィアの目には神が見えない。なんとなく何かがいることがわかるくらいだ。聖女たちは、アデレイド女王の異能までは、受け継ぐことはできなかった。

本体で外の世界に出ることが久しぶりだからか、神は縋るようにシルヴィアに張り付いたままだ。恐ろしい存在だというのに、なにやら可愛らしい。

「それにしても、ちょうどよかった。実はあなたに、ちょっとした茶番に付き合って欲しかったのです」

「茶番、ですか……？」

「ええ、これぞまさに神の采配ですね」

しばらくして、慌ただしい足音が聞こえてきた。ここに入り込めるのは高位の神官だけのはずだ。一体誰だろうとシルヴィアが首を傾げていると、聖女の回廊に続く扉を開け、一人の中年男性が姿を現す。

贅を凝らした衣装を身につけた、明らかに高貴な身分であろう男だ。

「これはこれは陛下。ご足労いただきありがとうございます」

ルディアスが慇懃《いんぎん》に頭を下げる。

その敬称は国王に対し使われるものではなかったかと、シルヴィアは混乱する。

「ルディアス大神官！　書状を受け取ったぞ！　聖女が見つかったそうだな。しかもたった今、神の鉄槌がウェルシュ皇国軍に下ったと、帰還した将軍から報告を受けた！」

そして、その男性はシルヴィアを見やり、顔に喜色を浮かべた。

「おお、確かに聖女だ。これで我が国は救われる！　よくやった！」

どうやらこの男も、聖女がアデレイド女王の複製であることを知っているらしい。

そこでようやくシルヴィアは、目の前の男がこの国の王だと認識する。

「早速だが、神に伝えてほしいことがある。やってくれるな聖女よ」

だが、ルディアスの警告もあって、シルヴィアは王の言いなりになどなるつもりはなかった。

そもそもたった今、この神殿から神は失われようとしているのだ。

「お断りします」

切り捨てるようなシルヴィアの言葉に、王は驚き目を見開く。シルヴィアは負けじとこの国の王を睨みつける。

だって、かつてアルヴィンは言ったのだ。聖女とは本来王よりもその身分が上なのだと。だったら王ごときに命令される筋合いはない。

「確かに私は聖女かもしれない。でもあなた方に都合の良い聖女になるつもりはない。なにもかも神に頼るのではなく、自分でできることくらいは、自分でなさったらいかがです？」

シルヴィアはこれ以上、この幼い精霊に、人間の尻拭いをさせるつもりはなかった。

「この国がどうなってもいいというのか！」

国王は激昂《げっこう》し、シルヴィアを怒鳴りつける。

これまでになく窮地に陥った国の状況に追い詰められ、国主たる王もまた、冷静な判断ができなくなっていた。

「別にどうなったっていい。正直興味もない。私は歴代の聖女たちのように、あなたたちに都合よく使われるつもりはない！」

シルヴィアには明確な意思がある。いいなりになど、なってたまるか。

「貴様……！」

国王がシルヴィアに掴《つか》み掛《か》かろうとした瞬間、彼女を守るようにその周囲を微量の稲妻が走った。それに怯えた王が、体を竦ませ後退る。

「まあまあ、落ち着きましょう。陛下。とりあえず目下の危機は去ったのです。今はじっくりと腰を据えてことを進めるべきかと。ほら、そんなに怒鳴られては、喉が嗄れてしまいますよ。

どうぞこちらを」

怒りと興奮のあまり、顔を赤くする王に、ルディアスは手に持っていた杯を渡した。

王はその中身を一気に呷る。それを見届けたルディアスは美しい笑みを浮かべた。

すると、遠くからまたしても大きな足音が聞こえてきた。

「シルヴィア……！　どこだ‼」

愛しくも懐かしい、自分の名を呼ぶその声に、シルヴィアの全身が、大きく震えた。

「おやまあ、愛ですねえ。あなたを迎えにきたようですよ」

楽しそうに、羨ましそうに、ルディアスが笑う。

「シルヴィア……！」

切実に自分を求める声に、堪えきれずシルヴィアの両目から涙がこぼれ落ちる。

「アルヴィン様！」

思わずその名を呼ぶ。その声が聞こえたのか。激しい足音がこちらへ向かってくる。

そして、現れたアルヴィンは、土埃と汗に汚れて、戦場で見た以上にひどい有様だった。

おそらく休み無く戦場から帰ってきて、屋敷にも戻らずにここへときたのだろう。

麗しいはずの聖騎士の隊服は、見る影も無く、ボロボロだった。

それでも、シルヴィアの目には、この世界の誰よりも格好よく見えた。

シルヴィアは弾かれたように無我夢中で走り寄り、迎えにきてくれた愛する夫に抱きつく。

「アルヴィン様、アルヴィン様、ごめんなさい！　ごめんなさい……！」

泣きじゃくりながら詫びるシルヴィアを、アルヴィンもまた強く強く抱きしめる。

「君を拐いに来た。一緒に帰ろう。シルヴィア」

シルヴィアは泣きながらうなずく。

どうしてこの人から離れられるだなんて思えたのだろう。

――――こんなにも、愛おしくてたまらないのに。

一度この腕の中に戻ってしまえば、もう二度と離れる気にはなれなかった。

「ええ、もちろん。連れ帰って構いませんよ」

そんな二人を、ルディアスが後押しする。大神官からのまさかの許可に、シルヴィアとアルヴィンは驚き、顔を見合わせる。

するとそれを見ていた国王が、怒りを露《あら》わにした。

「何を言っている。ルディアス。そいつは聖女だ！　そんなこと、許されるわけがないだろう！　そしてアルヴィン。貴様、聖騎士でありながら私を謀ったな！」

そこでようやくこの場にこの国の王がいることに気付いたアルヴィンが、顔を青ざめさせた。

聖女を隠し、私物化した。それは間違いなく、この国と王に対する反逆だった。

だがアルヴィンは、しっかりとシルヴィアを抱きしめたまま、国王を見据えた。

「罰は如何様《いかよう》にもお受けいたしましょう。ですが聖女である前に、彼女は愛する私の妻です。

神に奪われるわけには参りません」

アルヴィンは、あらゆるものを犠牲にする覚悟を持って、シルヴィアを迎えにきたのだ。

それを聞いたシルヴィアの目から、涙が溢れ出る。

「これだから下賤な血の混じった人間は、信用ならぬ！」

国王は、思い通りにならない状況に喚き、アルヴィンを蔑む。

それを聞いたシルヴィアは、これまで感じたことのないほどの怒りの感情が、身体中に渦巻くのを感じた。

残念ながら神は、人間の区別などついていない。よって民族の純血性など、何の意味もない。

それなのに、そんな謂れのないことで蔑まれながらも、どれほどまでにアルヴィンがこの国のために尽くしたか。

（アルヴィン様のことを何も知らないで、よくもそんなことを……！）

こんなにも誠実で清廉な人を、シルヴィアは他に知らない。

そんなアルヴィンを守ろうと、シルヴィアはさらに彼に強くしがみつき、王を睨みつけた。

「……もし、アルヴィン様に何かしたら、私がこの国を滅ぼしてやるから……！」

幼き神はいまだ彼女のもとにいる。おそらくそれをしようと思えば、可能だ。

シルヴィアが神の力を用いてウェルシュ皇国軍を壊滅させたことを思い出したのだろう。アルヴィンと王が小さくぶるりと震えた。

するとそんな深刻な様子を見ていたルディアス大神官が、呑気な声をあげた。

「シルヴィア、そしてアルヴィン殿。そこのうるさい男は気にする必要ありませんよ。どうせ、もうすぐ死にますから」

「………は?」

その言葉に、その場にいた全員が、思わず凍りついた。

「な、何を言っているんだ。ルディアス。貴様……」

「うふふ。さて陛下。実に愚かしいことに、先ほどなんの警戒心もお持ちにならずに飲まれた葡萄酒《ワイン》。何が入っていたと思います?」

これ以上なく楽しそうに、ルディアスは聞く。国王の顔から血の気が失《う》せて蒼白になる。

「ど、毒を飲ませたのか……!」

「そう！　正解です！　しかもただの毒じゃありませんよ。王家に代々伝わる聖女処分用の秘薬です。ほら、眠るように死ねるっていう、あれです」

国王は、茫然とその場にへたりこみ、悪魔を見るような目で、ルディアスを見つめた。

「そして、もう一つ問題です。この大神殿に、今、私以外の神官がいないのは、一体なぜだと思います?」

シルヴィアはアルヴィンの腕の中から問うように彼を見上げる。アルヴィンは頷いて見せた。

「ああ、確かにここにくるまで誰もいなかった。だからこそ、私は簡単にここまでくることができたんだ」

アルヴィンはシルヴィアが囚われているであろう神殿に、聖都に帰還してすぐに彼女を取り返す方法を求めて近づいた。だが、そこはもぬけの殻で、ならばと思い切って神殿内部に入り込んだのだという。

死への恐怖にガタガタと震える国王には、もうその質問に答える気力はなかった。

「実は証拠隠滅に、この神殿自体を燃やしてしまおうと思いましてね。そんなのに巻き込まれて若い者たちが死んだら可哀想じゃないですか。ですから神からお告げを受けたのだと言って、他の神官たちは皆ここから避難させたのですよ。ほら、私は優しいので」

にこにこと機嫌よく笑うルディアスは、恐怖を覚えるほどに、壮絶に美しい。

シルヴィアは彼の憎しみの片鱗《へんりん》を見て、震えた。

「もしかしたら神殿の外で待っているあなたの護衛たちを巻き込んでしまうかも知れませんが、まあ、多少の犠牲は仕方がないですよね。遅かれ早かれ、人はどうせ死ぬものですし」

「な、何故こんなことを……！」

死の微睡に誘われ、意識が薄れてきているのだろう、呂律の回らない口で必死に国王が言葉を紡ぐ。

「だって、あなたは殺したではないですか。先代聖女を。――私の『アデレイド』を」

国王は、息を飲んだ。その罪状に心当たりがあったのだろう。

「安心して下さい。あなたの共犯である前任の大神官は、あなたに対するよりもはるかに残酷なやり方でとっくに殺してありますから。ぜひ地獄で感動の再会をしてくださいね」

国王は、己の罪に対し、必死に弁明する。彼は元々変化を嫌う小心者な人間なのだろう。

「あの娘は聖女として不適格だった！　だから処分するしかなかったのだ！」

だからこそ王は、道を踏み外した聖女を殺すことを厭わなかった。国のため仕方がなかったのだ。

「たとえ血を分けた妹でもですか。国を守るためとはいえ素晴らしい心がけですね。……そしてきっと、それは正しいことなのでしょうね」

聖女は、王族の血からしか生まれない。つまり国王は実の妹を殺したということだ。

シルヴィアは吐き気がした。

確かに十八年前、この国は次々と災害に見舞われた。それを食い止めるため聖女を殺処分したことは、彼にとっては致し方ないことだったのだろう。

「ですが残念なことに、私は私のためだけに復讐をしているのですよ。国も神も正義も悪も関係なく。ただ、私の溜飲《りゅういん》を下げるためだけにね」

王は即位の際に時の大神官から聖女の真実を聞く。そして、大神官もまたその地位を引き継いだ際に、その真実を前大神官、もしくは国王から聞くこととなる。

「私は後進の者たちに、聖女のことを一切引き継いでおりません。つまりは聖女の秘密を知るものは、この国で、今、ここにいる私とあなただけです。聖女以外には王と大神官しか立ち入れないとされるこの場所に、真面目に一人でのこのことやってきた小心者のあなたは、これまで神の罰が怖くて秘密を漏らすこともしてこなかったでしょうしね」

大神官は、そう言って満面の笑みを浮かべてみせた。

「つまり私とあなたがここで死んで、この大神殿が燃え尽きてしまえば、この国に聖女の真実を知るものは誰もいなくなる」

そして、シルヴィアとアルヴィンもまた、当事者であるがゆえに間違いなく墓までこの秘密をもっていくことになる。ルディアスは恍惚《こうこつ》とした顔で言った。

「ああ、ずっと、ずっとこの日を待ち望んでいたのですよ。ようやく念願が叶う」

――――これで完璧に、この国から聖女は失われる。

気がつけば、国王はもう動かなくなっていた。

それを見届けたルディアスは、シルヴィアが止める間もなく、国王の飲み残した杯の中身を一気に呷った。

「ルディアス大神官……！」

その中身を知っているシルヴィアは思わず叫び声を上げ、杯を取り上げようと必死に手を伸ばす。

　だが間に合わず、その中身は全て飲み干されてしまう。こくりと白い喉が動くのを、シルヴィアは絶望的な思いで見つめた。

「……良いのですよ。私はここで終わると決めていたのです」

　ルディアスは、死を間近にした人間とは思えぬほど満たされた顔で言った。

「私ができなかったことを成し遂げたあなたたちに、敬意を」

　そして、その整えられた美しい指先で、出口を指し示す。

「さあ、早く行きなさい。……どうか、幸せに」

　ルディアスはアルヴィンとシルヴィアを言祝《ことほ》ぐ。

　復讐を遂げた彼の目は、何一つ悔いなどないように、どこまでも凪《な》いでいた。

　アルヴィンはシルヴィアを抱き上げると、一つ頭を下げて急いで神殿の外に向かって走り出す。

「ありがとう……！」

　シルヴィアは遠ざかっていくルディアスに向かって、必死に叫んだ。

　彼は、最後まで幸せそうに笑っていた。

　魂などないと、ルディアスは切り捨てた。けれどシルヴィアは、あればいいと思った。

　彼が、彼の『アデレイド』の元へ行ければいいと、願わずにはいられなかった。

二人が大神殿の外にでると、どこからともなく火の手が上がり、神殿が燃え始めた。

炎はみるみるうちに膨らみ、あっという間に神殿を包み込んだ。おそらく、ルディアスの手によって油が撒かれていたのだろう。

そして神殿は、その後、三日三晩燃え続けることになった。

アルヴィンの腕に抱かれて、シルヴィアは焼け落ちていく神殿を、涙をたたえた両目で、茫然と見ていた。

美しかったステンドグラスも、贅を凝らした祭壇も。全て炎に呑まれ燃えていく。

——おそらくそれはこの国の、神話の終焉《しゅうえん》だった。

シルヴィアのそばから、神の気配が消えていく。きっとこれから自由に、シルヴィアが話してやったいろいろな場所へと行くのだろう。それでいいと、シルヴィアは思う。

彼は、人間には過ぎたる力だ。

今度こそ本当に、この国から神は失われた。人は、人の力で生きていかねばならない。

「……帰ろうか、シルヴィア。みんな、心配している」

「……はい、アルヴィン様」

そしてシルヴィアは、失われたものを思い、悼むようにゆっくりと目を閉じた。

エピローグ　神が失われた世界

「やあ、はじめまして。君がシルヴィアだね」

王と大神官というこの国の柱を同時に失った混乱の中、シルヴィアはその日アルヴィンに連れられ、父親であるというイェルク王弟殿下に会うことができた。

元々アルヴィンが彼のもとに何度か通い交流を持っていたこともあって、見舞いという名目で王宮の片隅に訪れたフォールクランツ伯爵夫妻を、怪しむ者はいなかった。

更にはイェルクはその病身もあって、王位継承権はあってないようなものであり、いつ死んでもおかしくない彼を、警戒する者はいなかった。

陽の差し込む寝台の中に、その人はいた。身を起こすこともできない、枯れ木のような姿で。

血の気の失せた蒼白《そうはく》な顔を見れば、もう彼が長くないことは明確だった。

シルヴィアはそっと彼に近づく。そして寝台横にしゃがみ込み、彼の目を覗き込んだ。

自分と同じ色の瞳。晴れた日の、空の色。

視界が歪む。慌てて瞬きを繰り返して水気を散らし、その視界を明瞭にするが、次から次に涙が溢れて止まらない。

背中に温かく大きな手のひらを感じる。夫が慰めようとしてくれているのだろう。

そのアルヴィンから、前もって聞いていた。彼が……父が、いかにしてシルヴィアをこの王宮から逃してくれたのか。

彼の長き孤独と引き換えに、シルヴィアは今、ここで幸せに生きている。


「――父様」


自然にその言葉が唇からこぼれた。自分でも驚くほどに、自然に。

それを聞いた父の目からも、涙が溢れ出した。そして彼は、今は亡き母の名を何度も呼びながら嗚咽《おえつ》を漏らした。

震えながら伸ばされた父の、細く乾燥した手のひらを取って、シルヴィアはそっと自らの頬に当てる。

「シルヴィア……、私の可愛いシルヴィア」

そして、イェルクが愛おしそうに呼ぶ、彼に与えられた自分の名前に、シルヴィアはまた涙をこぼした。

それから、父と娘は母にまつわる話をした。それしか共通の話題がなかったからだ。

父は、母との出会いを話してくれた。

病んだ体に絶望していた父が、いかに母に救われたのか。それはひどい傷を負った娼婦たちを、諦めずに救い続けた母の姿を思い出せば、容易に想像がついた。

『死にたくないのなら、生きるしかないでしょう！　ほら、頑張りましょうねイェルク様！』

そんな風に励まし続けてくれた彼女を、どうしようもなく愛してしまったこと。

彼女の行動に一喜一憂しながらも、振り回された日々。

「私も散々振り回されたのでわかります。シルヴィアは母君にそっくりですね」

アルヴィンが余計なことを言うので、シルヴィアはその脛を軽く蹴飛ばす。イェルクは娘夫婦のじゃれあいに目を細めながら、口を開いた。

「たしかにシルヴィアは、モニカによく似ているね」

「そうですか？　似てるなんて言われたの、初めてです。親子だと言っても信じてもらえないくらいで」

聖女の呪いで、シルヴィアの容姿はアデレイド女王そっくりになってしまった。そのことを、今になって悲しく思う。できるならば、ちゃんと父と母に似た姿で生まれたかった。

悲しげに眉を下げた娘に、イェルクは慈愛の笑みを浮かべて、そっとその頭を撫でる。

「そんなことはない。浮かべる表情が母親にそっくりだ。間違いなく君はモニカと私の娘だよ」

「………はい。ありがとうございます」

またシルヴィアの目から、涙が溢れる。自分はアデレイドの複製品などではない。間違いなく彼らの愛のもとに生まれた娘なのだと、そう思えた。

それからシルヴィアは、母と共に難民街で過ごした日々を父に話した。優しく、時に厳しく、愛を持って育てられたこと。劣悪な環境にいる娼婦たちを救うために奔走した、母のことを。

「目の前で苦しむその子たちを見捨てられなかったんだろうね。モニカらしいなあ」

豪胆だった恋人を思い出し、父は苦笑した。シルヴィアも肩を竦めつつ笑う。

母のその選択がなければ、シルヴィアはもっと良い環境のもとで、育つことができたかもしれない。

だが、あの地獄のような場所で育ったからこそ、今のシルヴィアがいて、アルヴィンにも出会えた。

人生をやり直せるとしても、きっとまた自分は、今と同じ人生を望むだろう。

「モニカにとって、きっと私はその娼婦たちと同じように、同情し、庇護すべき存在だったのだろうね。それなのに彼女には、たくさん苦労をさせてしまったなあ……」

「……そんなことを言ったら、あとで母様に殴られますよ。難民街でも言い寄ってくる男たちをバッサバッサと切り捨てていましたからね。きっと父様のこと、忘れられなかったんですよ」

まったくもって、同情などで男を選ぶ母ではなかった。母はちゃんと父のことを愛していたと、シルヴィアは確信していた。

「……母様は父様のことを、最高の男だったと言っていましたから」

思い通りにならない病弱な体を抱えながら、それでもそこに宿る心を歪ませることなく、正しく自分の大切なものを守り切った、強い人。

「——そうか。それは、よかった」

そう言って、父は、幸せそうにふんわりと表情を緩ませた。きっと母が愛した笑顔のままに。

その数日後、イエルクは静かに眠るように逝った。

シルヴィアは残念ながらその最期を看取《みと》ることはできなかったが、その顔は穏やかで、幸せそうだったとアルヴィンに聞いた。

——きっと今頃は母のもとで、楽しく幸せに振り回されていることだろう。

窓から陽の光に目を覚ませば、今日も、シルヴィアは温かな夫の腕の中にいる。

結婚して随分経つと言うのに、夫は相も変わらず猿である。昨日も途中意識がなくなるまで貪られた。

肌はさらりとしているから、清拭《せいしき》はしてくれているのであろうが、正直しんどい。

(なるほど。こういうことを絶倫と言うんだなぁ)

絶倫の客にあたると最悪だと言っていた娼婦たちの話を思い出し、尤《もっと》もだとシルヴィアは同意した。夫と触れ合うのは好きだ。気持ち良くて幸せな気持ちになる。——だが。

「いたたたた……」

残念ながら元軍人の夫の体力は無尽蔵な一方、シルヴィアはごく一般的な体力しかないのだ。まともに付き合っていたら、他のことに使うべき体力が尽きてしまう。

毎日を寝台の上で過ごすなど、ごめんだ。腹上死など、さらにごめんだ。

体のそこかしこが重くて痛くて辛い。隣で幸せそうに眠る夫の呑気な顔を見ていたら、シルヴィアは何やら腹立たしくなってきた。

苛立《いらだ》ち紛れにその頬をふにふにと突っついてみるが、眠りが深いらしく、少々呻くだけで起きる気配はない。

「……ふむ」

これはもう、いたずらをするしかないだろう。シルヴィアは夫の体をじっくりと見やる。

あの戦争の後、夫はすぐに聖騎士をやめた。

シルヴィアに逃げられかけたことで、盲目的な騎士道精神から目が覚めたようで、自分の中の優先順位を改めたらしい。

もちろん優先順位の一位に堂々と輝いたシルヴィアとしては、嬉しい限りである。彼の命が失われるかもしれないという恐怖は、今でもシルヴィアの心に生々しく残っているのだ。

アルヴィンは今、義父の後を継ぐべく、彼に付いて仕事をしている。

だが、聖騎士をやめた後も、なぜか真面目に鍛錬を怠らない夫の体は、程良い筋肉で引き締まっていて、美しい。

その浮き上がった筋肉の筋を、指先でつうっと辿《たど》ってみる。

さすがにくすぐったいのか、アルヴィンはわずかに身じろぎをする。楽しくなってきたシルヴィアは、寒さで立ち上がっている、彼の胸筋の上にある薄紅色の小さな突起に狙いを定める。

(男性の胸も実は性感帯なんだって、リディア姐さんが言っていたし)

ちなみにリディアは嗜虐《しぎゃく》性の強い性質で、その道専門のお店で、被虐趣味の男性客を楽しそうに踵の高い靴でよく踏んでいた。

色付いた円の縁を、クルクルと指先でなぞる。びくびくとアルヴィンの体が小さく跳ねた。

次に小さな突起を指先で優しく摘んでみる。

「んっ……！」

小さな喘ぎがアルヴィンの口から漏れた。その頂はさらに硬く立ち上がり、存在感を増す。

すっかり気を良くしたシルヴィアは、今度はその突起を口に含み吸い上げたり、甘噛みしてみたりする。いつも夫《アルヴィン》にされているように。

するると、流石に目を覚ましたらしい夫に、低い声をかけられた。

「……っ。……シルヴィア。一体何をしているんだ？」

「むうっ？　あ、アルヴィン様おはようございます」

彼の乳首を咥《くわ》えたまま挨拶をすれば、アルヴィンが悩ましげに額を抑える。

「念のためもう一度聞くが、何をしているんだ？」

「いや、男性のここも実は性感帯だという、とある方のありがたい教えを思い出しまして。実践してみようかと」

「…………」

「あれ？　気持ち良くなかったですか？」

そこから悩ましげに上目遣いで聞いてみる。夫がこの上目遣いに弱いことは、もちろんちゃんと把握済みである。アルヴィンが苦しげに呻いた。

ちなみに夫のものは雄々しく立ち上がり、しっかりと天井を向いている。朝ということを加味したとしても、ちゃんと気持ちよかったと思うのだが。

「なるほど。では、私をこうした責任を取るといい」

一つ大きなため息を吐いた後、にっこりと微笑んだアルヴィンは下から腕を伸ばし、己の体

に乗り上げていたシルヴィアをしっかり拘束すると、体を捻《ひね》って体勢を入れ替える。

「ひえっ……！　ちょっ、アルヴィン様……！」

シルヴィアの必死の抗議も虚しく、アルヴィンに仕返しとばかりに、その慎ましやかな胸にむしゃぶりつかれた。

先ほどの自分と同じように、色づいた円の縁を、クルクルと指先でなぞられ、胸の頂にある小さな突起を指先で優しくつままれ、口に含み吸い上げられ、甘噛みされ。

「やっ！　ああ！　あああああっ！」

胸への愛撫だけで、きゅうきゅうと下腹部が甘く締め付けられ、シルヴィアは達してしまいそうになる。胎内から蜜がとろとろと溢れ出していくのがわかる。

「今日も美しいな、私だけの聖女」

そしてアルヴィンが幸せそうに目を細め、そんなことを言いだすので、シルヴィアの腰は完全に砕けた。

伸ばされた彼の指が、シルヴィアの濡れた秘裂を押し開き、その中を探る。

昨夜散々吐き出されたアルヴィンの精と、新たに滲《にじ》み出《だ》したシルヴィアの蜜が混ざり合って、滴り落ちる。

蕩《とろ》け切ったそこを確認すると、アルヴィンはシルヴィアを抱き上げ、身を起こし、大きく足を開かせたシルヴィアを自分の腰の上に下ろした。

「あああああーっ！」

最奥まで一気に貫かれ、シルヴィアは背中を大きく逸らして絶頂する。アルヴィンはひくひくと脈動を続けるシルヴィアの中を、そのまま容赦なく穿《うが》つ。

「ひっ、ああっ！　やぁっ！」

敏感になっている膣壁を休まず擦られて、シルヴィアは絶頂から降りてこられないまま、激しく揺さぶられ続ける。

顔を歪ませ、細く白い首をのけ反らせながら与えられる快感に耐える妻を、アルヴィンは幸せな心持ちで、下からじっくりと眺める。

かつて見た夢を遥かに超える美しさだ。やはり現実は素晴らしい。

ようやく妻の痴態に満足したアルヴィンがその胎内に吐精する頃には、シルヴィアはぐったりと脱力し、指先ひとつ動かすことすら億劫《おっくう》という有様だった。

「アルヴィン様……こんの猿が……！」

これ以上触れまいとうつ伏せで寝台にぐったり体を沈ませながら、シルヴィアはアルヴィンを罵る。

「まあ、シルヴィアが可愛いから、私が猿になるのも仕方がないな」

「そこの猿！　開き直らないでください……！　朝っぱらから動けないんですけど！　本当に動けないんですけど！　どうしてくれるんですか！」

「ほう。なんなら私が居間まで抱き上げて運んでやろうか」

「結構です！　お義母様とお義父様にそんなところ見られたら、恥ずかしくて死んじゃいますから！」

あんなにも童貞を拗らせていたくせに、すっかり手慣れて進化してしまったアルヴィンに、翻弄されているのはシルヴィアの方で。

いつか逆にヒイヒイ善がらせてやると、シルヴィアは心の中で誓う。

しばらく休んで、なんとか動けるようになったシルヴィアは、覚束《おぼつか》ない足取りで歩いて家族の待つ居間へと向かう。

するとそこにはすでに義母であるオーレリアと、彼女にちやほやとかまってもらい、ご機嫌な幼い息子がいた。

「あらおはよう。アルヴィン。シルヴィ。サイラスが起きていたから、先に一緒に遊ばせてもらってるわ。やっぱり孫はかわいいわね！　見れば見るほど私にそっくり！」

オーレリアがご満悦な様子で、幸せそうに笑う。そんな彼女に、シルヴィアもつられて笑ってしまった。

多くのものを飲み込んで、大神殿が炎上したあの日。

ボロボロのアルヴィンと共にこの屋敷に帰ってみれば、さぞ心配していたのだろう、オーレリアにはわんわん泣かれ、普段温厚な義父にも叱られた。

　なぜか皆旅支度をしており、不思議に思って話を聞いてみれば、アルヴィンがシルヴィアを神殿から掻《か》っ攫《さら》うことができたら、この国を捨て、一家総出でオーレリアの故郷であるイザード王国へと亡命するつもりだったのだという。

　もともとこの国が戦争に負けることを視野に入れていた義父は、そのために財産を外国に移していたようだ。

　そんなことを、さも当然のことのように言われたシルヴィアは、今の家族に深く愛されていることを知って、幸せで泣いた。

　それからアルヴィンにも一晩中ぐちぐちと説教をされ、もう逃さないとばかりに寝室に連れ込まれ散々愛され、シルヴィアは、また幸せと体力の限界で泣いた。

　国の混乱は続いたが、結局あの戦争以降、神の鉄槌で大きな痛手を負ったウェルシュ皇国の二の舞を恐れ、神聖エヴァン王国が他国から侵略を受けることはなかった。

　神が最後に残してくれたその時間的な猶予をもって、戦後新たに立った若き王の元、この国は今、必死に立て直しを図っている。

　前王と大神官の二人と共に信仰の中心だった大神殿は燃え落ちた。そして神の鉄槌を落としたはずの神と聖女の行方もまた、わからないままだ。

　どうやら彼らの命と引き換えに、あの奇跡が引き起こされたのだという風聞が、民の間では広まっているようだ。それもいつかきっと、神話の一つになるのだろう。

目に見える信仰の対象が失われたことで、人々は少しずつながら、神のいないこの時代に適応し、前よりも自らの足で立つことを考えるようになったと思う。

この国の生き残りをかけて、政府は今まで軽視していた外交にも力を入れるようになり、少しずつ人の力で、より良い方向へ向かおうとしている。

偏見や、凝り固まった選民思想も、少しずつ薄れてきているようだ。

そして、その間にフォールクランツ伯爵家には新しい命が誕生した。

アルヴィンとシルヴィアの息子、サイラスである。

シルヴィアはエヴァン王家の聖女の呪いと、フォールクランツ伯爵家の地味顔の呪いが自分たちの子供にも降り掛かるのではないかと心配していたのだが。

家族皆の祝福の中で生まれてきたのは、シルヴィア似でもアルヴィン似でもなく、祖母であるオーレリアによく似た銀の髪と、緑柱石色の瞳をした、可愛らしい男の子だった。

「キラキラしてる……！　全然地味じゃない！」

生まれたばかりの息子の顔を見て、産後疲れ切ったシルヴィアが思わず叫んでしまった言葉に、夫はしばらくいじけていた。

これはつまりエヴァン王家の聖女の呪いと、フォールクランツ伯爵家の呪いが上手いこと相殺されたのではないか、などとシルヴィアは適当に考えている。

どちらにせよ息子は可愛いので、細かいことなどどうでもいい。

よちよち歩きを始めたばかりの孫に手を伸ばし抱き上げると、念願の祖母となったオーレリアは幸せそうに笑う。

もちろん愛妻にそっくりの孫息子に、フォールクランツ伯爵クレイグも大喜びし、これでもかと溺愛している。

そんな風に皆に愛されながらすくすくと育っている息子サイラスは、時折何もいないところに向かって楽しそうに手を振っている。王家の血を引いていることもあって、もしかしたら、そういったものに聡《さと》いのかもしれない。

おそらくあの小さな神様が、時々サイラスやシルヴィアに会いに来ているのだろう。

サイラスはいつも機嫌良く楽しそうに笑っているから、きっと神様も笑っているのだろう。

――――そうであってほしいと、願う。

神と人間の世界は隔てられ、神と意思を交わす術は失われた。

故に、人は、人の力だけで生きねばならない。

確かに人生は困難なことばかりで、人間は弱い生き物だ。

どうしても、神の存在を必要としてしまう時があるのだろう。

だがそれでも、やはり人を救うのは、人であってほしい。

多くの人の想いの結果生かされている、自分のように。

オーレリアから受け取った小さな息子を高く抱き上げて、幸せそうに微笑む夫《アルヴィン》を見つめながら、シルヴィアは満たされた心で、そんなことを思うのだ。

あとがき

初めまして、こんにちは。クレインと申します。

この度は拙作『カタブツ聖騎士様は小悪魔な男装美少女に翻弄される　甘い口づけは執愛の印』をお手に取っていただき、誠にありがとうございます。

さて、今回はなんと六ページもあとがきのスペースをいただいてしまったので、痛々しくも作品の設定語りなどをさせていただければと思います。

今作のヒロインであるシルヴィアは、タイトルの通り小悪魔な男装美少女です。

私ときたら、どうにもこうにも男装女子が大好きで、定期的に男装女子を書きたい発作に襲われてしまうのです。

「突如男装女子を書かねばならぬという発作が……！」と喚いた私に、書いて良いですよと仰ってくださった担当様に心から感謝申し上げたい次第です。ありがとうございます！

そして、そんな私の発作を治めるべく、小悪魔男装美少女シルヴィアは誕生いたしました。

これまでも異性装をするキャラクターを何度か書いてきたのですが、その際のキャラクター造形のこだわりポイントといたしまして、必要に駆られて仕方なく異性装をするにしても、悲観的にならずにむしろその状況を楽しんでいてほしい、というのがありまして。

シルヴィアは、まさに私のそんなこだわりを詰め込まれたため、止むを得ず男装をしているにも関わらず、それはそれとして本人は美少年生活を楽しんでいます。

どんな状況下でも強かに軽やかに、自分が本当に欲しいものや大切なものを見誤らない、そんな女の子です。

さらにシルヴィアは聖女でもあります。男装女子で聖女。毎度のことながら今回もキャラクターの情報量が無駄に多いです……。自分でも詰め込み過ぎだと思うのですが、これはもう私の作品の仕様です……。

昨今これだけ『聖女』を冠した作品が世の中に溢れている中で、私らしい色を出すために、さてはてどんな設定にしようかと悩みました。

そして、『聖女』自身に何らかの力があるのではなく、神という概念の力を引き出すためのバイアス的な存在を『聖女』とすることにしました。

やはりたった一人の人間が世界を救い、ときに世界を滅ぼすような力を持っているとすると、その存在はもう人間とは言えないような気がしてしまいまして。

だったら神と交信し、その力を借りることができる資格を持った人間のことを『聖女』とする方が、私の中でしっくりきたのです。

さらに、強大な力を引き出し、自由にできる『聖女』という存在を、その周囲の人間たちはどう遇するだろうかと考えた時に、今作の一連の設定が頭に浮かびました。

強大な力を引き出せる聖女といえど、元々は普通の人間です。ならば、幼い時から思い通りに動くようにうまく洗脳し、時の権力者の都合の良いように利用するだろうなと。

ですがその一方で、普通の人間であるからこそ、聖女本人を大切に思う人たちは、彼女を消耗品として利用とする人間たちから、必死に彼女を守ろうとするだろうなと。

頭の中でそのまま設定を膨らませていって、そして気がついたら、人間の身勝手さと善良さがせめぎ合うようなお話になってしまいました。

それでもあの結末にするあたり、たとえうんざりすることは多くとも、やっぱり私は人間が好きなのだなあと思います。

一方、今作のヒーローであるアルヴィンは、家の事情や王への忠誠、神への信仰などに雁字《がんじ》搦《がら》めに縛られています。

何も持っていないがために、自由なシルヴィアとは真逆《まぎゃく》です。

私の書くヒーローの傾向として、美形でヒロインに深い執着心と愛情を持ち、ヒロインを得るためならなりふりかまわない有能系が多いのですが、アルヴィンは誰もが認めるような美形ではなく、際立って有能というわけでもなく、坊っちゃん育ちで世間知らずで、どちらかといえば凡庸《ぼんよう》な人間です。

私のこれまでの作品どころか、乙女系恋愛作品のヒーローとしても、かなり珍しいタイプなのではないかと思います。

ちなみにそんな地味設定の彼ですが、初稿の段階ではもっと地味でした。流石に乙女系でこのレベルの地味さはまずい、ということで、これでもかなり華やかさを盛ったつもりです……。ええ、これでも……。

そんなアルヴィンですが、私個人的にはとても気に入っているキャラクターです。素直で、誠実で、純朴で。シルヴィアの意志をなによりも尊重し、無理強いするような真似はしません。腹黒さや小賢しさの全くない、愚直で善良な人間です。

ちょっとお馬鹿で可愛い大型犬のような感じで、思わずかまってしまい、わしゃわしゃと頭を撫でくりまわしたくなるような雰囲気に仕上げたつもりです。

そしてシルヴィアに振り回されているようで、実は無意識のうちに放っておけないオーラを漂わせてはシルヴィアを振り回しています。

そんなアルヴィンとシルヴィアのとぼけたやりとりを、笑っていただけたら嬉しいです。

今作はファンタジー色が強く、設定を多く作ったこともあって、非常に難産でした。

頭の中で作った妄想世界を文章化するのは本当に難しいことなのだと、つくづく思いました。

読者様を混乱させないよう、作品世界の設定をどこかで説明しなければと思うのですが、地の文で書けばまるで説明書のようになってしまいますし、かといってキャラクターに喋らせれば、取ってつけたような台詞になってしまい違和感が出てしまいます。

そのため、部分によっては何度も書き直しました。

しかも書いても書いても広げた風呂敷が畳みきれず、おそらくこれまで私が出させていただいた文庫本の中で、最厚となると思われます。

これはもしや縦においても自立してしまうのではないかと、ドキドキしております。

収拾がつかず、まったくゴールが見えなくて、執筆後半は、泣きそうになりながら必死に書いておりました。

七転八倒しつつも何とか書き上げることができて、今、心の底から安堵しております。

さて、それでは毎回恒例ですが、この作品にご尽力いただきました方々へのお礼を述べさせてください。

イラストをご担当してくださったことね壱花先生。

キャラクターデザインをいただきました時、シルヴィアの美少年ぶりに感動し、そして、乙女系に耐えうるイケメンになっていた地味系聖騎士アルヴィン（童貞）に胸がキュンキュンいたしました！

素敵な二人をありがとうございます！

担当編集様。いつもありがとうございます！

毎度のことながら乙女系ってなんだっけ？　みたいな変な設定を受け入れていただけることに、心から感謝しております。

今回も本当に色々とご迷惑をおかけしてしまい、申し訳ございません……！

この作品にお力添えくださった全ての皆様、ありがとうございます！

皆様のご尽力のおかげで、こうして無事形になりました。

それから、こちらも毎度のことながら、締め切り前になると家事やら育児やら我が家が生存するためのありとあらゆること全て一手に引き受けてくれた夫、ありがとう。

今回間違いなく、これまでで最大の迷惑をかけてしまいました。

深夜遅くまでエナジードリンク片手に、虚《うつ》ろな目をしながらキーボードを叩く妻で本当に申し訳なく……！

私が人としてまともに生きているのは、半分以上夫のおかげです……。

もう本当に来世までかかっても、恩を返せそうにありません……。

次回こそもう少しゆとりを持って……多分……あれ……？

とにかく、頑張ろうと思います！

そして、この作品にお付き合いくださった皆様に、心よりお礼申し上げます。

未だ出口が見えない鬱々とした日々の中で、もし少しでもこの作品が皆様の気晴らしになれたのなら、物書きとしてこれほど嬉しいことはありません。

本当にありがとうございました！

クレイン

蜜猫 Mitsuneko Label

蜜猫文庫をお買い上げいただきありがとうございます。
この作品を読んでのご意見・ご感想をお聞かせください。
あて先は下記の通りです。

〒102-0072 東京都千代田区飯田橋 2-7-3
(株)竹書房 蜜猫文庫編集部
クレイン先生 / ことね壱花先生

カタブツ聖騎士様は小悪魔な男装美少女に翻弄される 甘い口づけは執愛の印

2020年10月29日 初版第1刷発行
著 者 クレイン ©CRANE 2020
発行者 後藤明信
発行所 株式会社竹書房
〒102-0072 東京都千代田区飯田橋 2-7-3
電話 03(3264)1576(代表)
03(3234)6245(編集部)
デザイン antenna
印刷所 中央精版印刷株式会社

Printed in JAPAN
ISBN978-4-8019-2427-7 C0193
この作品はフィクションです。実在の人物・団体・事件などには関係ありません。

面識もない夫に悪妻王妃だという汚名を着せられ追放されたマリア。旅先で侍女が病に倒れたところをバーゼル帝国軍人ディートバルトに助けられる。マリアの身の上を聞いた彼は偽装のために同行させてほしいと志願。マリアを気に入りどんどん距離を詰めてくる。「俺の与えるものだけを感じていればいい」軍神のごとく美しい男に熱く迫られて蕩かされるマリア。だが高位貴族らしい彼と自分では釣り合いが取れるとは思えず――!?